Kanikosen. El pesquero

Primera edición en este formato: abril de 2024
Título original: 蟹工船

© de la traducción, Shizuko Ono y Jordi Juste, 2010
© de esta edición, Futurbox Project, S.L., 2024
Todos los derechos reservados, incluido el derecho de reproducción total y parcial.

Diseño de cubierta: Compañía

Publicado por Ático de los Libros
c/ Roger de Flor n.º 49, escalera B, entresuelo, despacho 10
08013 Barcelona
info@aticodeloslibros.com
www.aticodeloslibros.com

ISBN: 978-84-19703-51-4
THEMA: FBA
Depósito Legal: B 5706-2024
Preimpresión: Taller de los Libros
Impresión y encuadernación: Liberdúplex
Impreso en España - *Printed in Spain*

Kanikosen. El pesquero

Takiji Kobayashi

TRADUCCIÓN
Jordi Juste
Shizuko Ono

ÁTICO DE
LOS LIBROS

BARCELONA - MADRID

Índice

Introducción

Una de las ventajas de un clásico como *Kanikosen* es que, en realidad, no necesita introducción. Un lector contemporáneo puede acercarse a él y seguir las desdichas de la tripulación del barco conservero *Hakko Maru* sin necesidad de ninguna guía que pueda proporcionarle yo. Esa es, después de todo, la característica principal de un clásico: nos interpela directamente, sigue siendo relevante para nosotros a pesar de haber transcurrido casi un siglo desde su publicación. Es cierto que hoy, en la mayoría de los países del mundo, las condiciones de los trabajadores son muy distintas (infinitamente mejores) de las que soportan los obreros y pescadores del *Hakko Maru*. Abusos extremos como los que se narran en esta novela están siendo erradicados de la faz de la Tierra. Pero la naturaleza de las personas sigue siendo la misma, y el concepto de la lucha obrera también. El ideal del comunismo, quizá más brillante visto desde la distancia que en la cercanía, sigue ejerciendo su poder de seducción especialmente entre los más jóvenes e idealistas. Esta novela llega al lector contemporáneo, tanto si la lee en Tokio como en Madrid, Ciudad de México, Bogotá o Buenos Aires. Por eso esta introducción es prescindible. Por todo ello, le invito a saltarse estas páginas y leer directamente *Kanikosen*. Y luego, si quiere saber un poco más del contexto en el que transcurre la narración, o quizá sobre el propio Kobayashi, vuelva a este punto, tras haber disfrutado de este clásico moderno.

Empecemos por el autor. Takiji Kobayashi nació el 13 de octubre de 1903 en el pueblo de Shimokawazoi, en la prefectura de Akita, una región agrícola del norte de Honshu (la isla principal de Japón) que baña el río Yoneshiro y que en invierno queda cubierta por un espeso manto de nieve. Pocos meses después empezaría la guerra ruso-japonesa, con el ataque por sorpresa de los japoneses a la flota rusa en Port Arthur el 9 de febrero de 1904, cuyo trasfondo (en especial, la pugna por las colonias y los recursos naturales) sigue viéndose en *Kanikosen*. El padre de Takiji, Suematsu, era el segundo hijo de un pequeño terrateniente, pero su hermano mayor, Keigi, había invertido los fondos familiares en diversos negocios que no habían funcionado, y luego se había mudado a Hokkaido y dejado a Suematsu lidiando con las consecuencias. En la historia de la familia Kobayashi se puede ver el proceso de industrialización que se inició en la era Meiji, tras la caída del shogunato Tokugawa, y que llevó a muchos pequeños propietarios de tierras y agricultores independientes de las zonas más rurales de Japón a la bancarrota y a perder sus tierras, lo que hizo que fueran a las ciudades y colonias en proceso de industrialización a buscar trabajo como asalariados. Esta es la mano de obra que acabaría en barcos factoría como el que protagoniza *Kanikosen*.

En 1907, cuando Takiji tenía cuatro años, su familia emigró a Otaru, en Hokkaido, la primera colonia del Japón imperial, para ganarse la vida ayudando a Keigi, que había montado una panadería. Tras terminar la escuela primaria, Takiji siguió trabajando en la panadería de su tío y el dinero le permitió matricularse en la Escuela de Comercio municipal. Fue allí donde Takiji desarrolló un gran interés por la literatura y las artes. Tras graduarse como quinto de su promoción en 1921, ingresó en la Escuela Superior de Comercio de Otaru.

Desde este momento, la vida de Takiji Kobayashi se ve marcada por una serie de elementos en constante tensión: él mismo pertenecía al proletariado, pero aspiraba, mediante la educación y el trabajo, a formar parte de la pequeña burguesía. Él mismo, más adelante, compararía su situación con la de tener «doble nacionalidad».

Takiji entró a formar parte del consejo editorial de la revista de antiguos alumnos de la escuela, y publicó relatos en algunas revistas literarias menores. Aunque ya tenía aspiraciones literarias, tras graduarse en 1924 empezó a trabajar en la sucursal de Otaru del Banco Colonial de Hokkaido. Este banco había empezado como una empresa mixta público-privada cuyo objeto era el desarrollo colonial de Hokkaido y Karafuto (sur de la isla de Sajalín). Este banco concedía préstamos a largo plazo utilizando como garantía las tierras agrícolas y residenciales que los inmigrantes habían expoliado a la población nativa. Empezando con el «desarrollo de Hokkaido», un eufemismo para una guerra de agresión colonial, y siguiendo con todas las guerras posteriores en las que participó Japón, el Banco Colonial de Hokkaido amplió sus operaciones y se convirtió cada vez más en una institución dedicada a financiar empresas imperialistas.

A los seis meses de trabajar en dicho banco, Takiji, entonces con veintiún años, conoció a Takiko Taguchi, de dieciséis, en el Yamakiya, un pequeño restaurante cuyo principal negocio era, de hecho, la prostitución. La experiencia de enamorarse de una mujer del estrato más bajo del sistema de clases de la sociedad capitalista —una mujer que se había visto abocada a mercantilizar su propia sexualidad— mientras trabajaba en un banco situado en el centro de ese sistema, se sumó a las múltiples contradicciones de Takiji.

Inspirado por el relato «La prostituta», de Yoshiki Hayama (que definió en su diario como «¡Un puñetazo directo al corazón!»), Takiji comenzó a escribir novelas cortas de ficción con títulos como *Las que quedan atrás* (1927) y *Takiko y otras* (1928), que abordaban la realidad de las mujeres en el escalafón más bajo de la sociedad que se veían obligadas a vender sus cuerpos como mercancías sexuales. En el fondo, en estas novelas ya se ve la resistencia de Kobayashi a aceptar una situación o rendirse ante unas condiciones en las que luchar parecía casi imposible. En sus novelas se manifiesta una constante voluntad de oposición y resistencia.

Mientras tanto, en 1927, tres mil personas participaron en la segunda celebración del Primero de Mayo en Otaru, lo que la convirtió en la mayor manifestación proletaria al norte de Tokio. El año anterior la cosecha había sido desastrosa, en parte debido al intenso frío, lo que había hecho que los campesinos no tuvieran suficiente dinero para pagar el alquiler de sus tierras. Una tras otra, estallaron furiosas huelgas y la lucha agraria en la Hokkaido colonial se intensificó, con demandas de reducción o condonación de los pagos de los arrendamientos. Un tal Susumu Isono, que explotaba una granja en Furano y era presidente de la cámara de comercio de Otaru además de miembro del consejo de la ciudad, leyendo muy mal la situación (quizá era el típico propietario ausente que vivía lejos de los campesinos que trabajaban sus tierras) no solo se negó a bajar el alquiler, sino que anunció un aumento, y, cuando los agricultores arrendatarios se negaron a pagar, los demandó en tribunales y pidió que les confiscaran los bienes y se les expulsara de sus tierras. Los granjeros se declararon en huelga.

El 3 de marzo de 1927, los huelguistas realizaron el nada sencillo viaje de Furano a Otaru. Cuando Isono se negó a negociar, los huelguistas, mediante panfletos y discursos, apelaron directamente a los ciudadanos de Otaru. Sus discursos congregaron a miles de personas y les granjearon la simpatía de los vecinos, que se movilizaron en su apoyo. El resultado fue un arbitraje firmado el 9 de abril que iba incluso más allá de las demandas de los huelguistas y garantizaba el derecho de los campesinos arrendatarios a cultivar sus tierras arrendadas. En suma, que ese año, en la primavera que precedió al 1 de mayo, se produjo una histórica lucha conjunta de los agricultores y los ciudadanos y sindicatos que consiguió una importante victoria en Otaru.

En junio comenzó la huelga del puerto de Otaru, la primera huelga general de un sindicato industrial en Japón. Comenzó con la demanda de un aumento salarial por parte de 36 estibadores de barcazas. Tras la victoria de los campesinos, los trabajadores de Otaru ya sabían lo que podía lograrse gracias a una campaña unida. La mayoría de trabajadores portuarios de otros gremios se unieron a la huelga. De nuevo contaron con apoyo popular y, recordando la ayuda que habían recibido en Otaru, la Unión de Agricultores de Japón llamó a todas sus filiales de Hokkaido a movilizarse.

Takiji Kobayashi colaboró directamente con los huelguistas, ayudándoles a escribir folletos cuando terminaba la jornada en el banco y dándoles clases. Esta experiencia de lucha revolucionaria por parte de una alianza de trabajadores y agricultores daría sus frutos en su novela *El terrateniente ausente (Fuzai jinushi)*, publicada en enero de 1930 en la prestigiosa *Revista Central (Chūō kōron,* que se fundó en 1887 y sigue existiendo hoy).

El año siguiente hubo elecciones generales y en 1925 se promulgaron la draconiana Ley de Preservación de la Paz y una nueva Ley Electoral General que preveía las primeras elecciones generales de Japón basadas en el sufragio universal masculino. Se anunciaron para el 20 de febrero de 1928. Takiji se implicó activamente en la campaña electoral del comunista Kenzō Yamamoto, que se presentó como candidato oficial del Partido Laborista Campesino por el primer distrito de Hokkaido. Esa experiencia encontraría una vívida expresión en la novela *Viaje a Kutchan Oriental (Higashi Kutchan kō),* publicada en el número de diciembre de 1930 de la revista de interés general *Reconstrucción (Kaizō).* Los partidos proletarios obtuvieron 8 escaños de un total de 466 en las elecciones, no bajo el Partido Comunista, que era ilegal, sino bajo otras denominaciones.

El 15 de marzo comenzó una oleada masiva de detenciones por todo el país dirigidas contra activistas afiliados al Partido Comunista y al partido Laborista Campesino. Hubo más de mil seiscientos detenidos, la mayoría de ellos en Tokio y Osaka y (sorprendentemente, dada su población) el tercer lugar donde hubo más detenciones fue Hokkaido. El año anterior, en 1927, Takiji había sido nombrado secretario ejecutivo de la sección de Otaru de la Federación de Artistas

Obreros y Campesinos. En la primavera siguiente, tras la oleada de detenciones, se tomó unas vacaciones en el banco y fue a Tokio a reunirse con Korehito Kurahara, de la Federación de Artes Proletarias Japonesas (NAPF). Kurahara era el principal teórico del movimiento literario proletario japonés. Fue ese encuentro, el 5 de mayo de 1928, el que propició la presentación y publicación del relato «15 de marzo de 1928» en los números de noviembre y diciembre de *La Bandera de Combate* (Senki), la publicación orgánica de la NAPF, un relato en el que Kobayashi reflejó las torturas policiales y cómo los detenidos se enfrentaban a ellas. El relato fue un éxito.

En febrero de 1929, Takiji entró en el comité central de la Liga de Escritores Proletarios Japoneses, formada a través de una reorganización de la NAPF, y no tardó en publicar *Kanikosen* en los números de mayo y junio de la revista *La Bandera de Combate*.

Escribió *Kanikosen* a partir de una minuciosa investigación sobre un incidente real que tuvo lugar en 1926. No es necesario imaginar sus intenciones. En una carta a Korehito Kurahara, fechada el 31 de marzo de 1929, Takiji expuso detalladamente siete puntos que quería tratar en la novela. En primer lugar, su protagonista no era un único personaje, sino un grupo de trabajadores. Segundo, no había «ninguna representación de la personalidad o psicología individual». Tercero, «se habían hecho varios esfuerzos con respecto a la forma» para facilitar la «popularización de las artes proletarias». Los esfuerzos contemporáneos en este sentido tenían, para Kobayashi, un aire intelectual que buscaba una popularización superficial; esta obra, por el contrario, pretendía ser «abrumadoramente obrera». En cuarto lugar, «trataba de una forma única de trabajo», que tenía lugar a bordo de un barco conservero de cangrejos. Ese trabajo implicaba «un tipo de explotación típico de las colonias y las zonas subdesarrolladas», y tenía «la ventaja de dejar transparentemente claras» no solo «las condiciones de los trabajadores japoneses», sino también las «relaciones internacionales, militares y económicas» que constituían esas condiciones. Quinto, la novela «trataba de los trabajadores no organizados». Sexto, mostraba cómo el capitalismo, mientras «trataba de mantener a los trabajadores desorganizados», irónicamente «hacía que los trabajadores se organizaran (espontáneamente)». Séptimo, aunque se decía que «el proletariado debe oponerse incondicionalmente a las guerras imperialistas», pocos trabajadores entendían por qué. Para satisfacer esta necesidad, la novela tenía que tocar «el fundamento económico de las guerras imperialistas, la maquinaria del imperialismo que pone en marcha al propio ejército». Para ello, un «barco conservero de cangrejos ofrecía el mejor escenario».

El barco conservero está fuera de la ley. No es ni un barco ni una fábrica, no se le aplican las leyes de tierra ni las del mar. En ese sentido, ofrece el marco más diáfano para la explotación de los trabajadores por parte de los capitalistas. Solo Asakawa, el cruel patrón, y Miyaguchi, que muere a consecuencia de la explotación, reciben nombres propios. A Kobayashi no le interesan las experiencias personales, sino las respuestas colectivas. La única otra excepción es Yamada, a quien solo se nombra una vez muerto.

En 1933, *Kanikosen* ya se había traducido al chino, al ruso y al inglés, y llegó a leerse en todo el mundo. Desde entonces sufrió censura, fue recuperada en los años de posguerra en Japón, luego olvidada de nuevo y, finalmente, en el Japón del siglo xxi, *Kanikosen* resucitó y conoció un nuevo auge. Los jóvenes japoneses se sintieron explotados y sin esperanzas, y se identificaron con los pescadores y marineros del cangrejero de *Kanikosen,* lo que catapultó la novela a las listas de más vendidos. Lo mismo sucedió en España, donde el libro se publicó por primera vez en 2010 y resultó un enorme éxito entre los lectores, que lo han mantenido en las librerías mediante constantes reimpresiones desde entonces. La teoría de la acción colectiva de Takiji Kobayashi despierta interés también en el siglo xxi.

Durante la segunda oleada de represión dirigida contra el Partido Comunista y sus partidarios, conocida como el «Incidente del 16 de abril» de 1929, cuarenta personas fueron detenidas en Otaru. El propio Takiji fue detenido el 20 de abril y su casa, registrada. En septiembre, el Banco Colonial de Hokkaido degradó a

Takiji de investigador a cajero, y el 16 de noviembre lo despidieron. En marzo de 1930, Takiji se trasladó de Otaru a Tokio y se implicó a fondo en las actividades de la Liga de Escritores. Desde mediados de mayo, junto con Kiyoshi Eguchi, Yamaji Kishi, Teppei Kataoka y otros escritores, participó en una gira de conferencias por Kioto, Osaka y la prefectura de Mie para recaudar fondos para la revista *La Bandera de Combate*. Takiji fue detenido el 23 de mayo por agentes de la comisaría de Shimanouchi en Osaka acusado de ayudar financieramente al Partido Comunista, y lo mantuvieron en prisión durante dos semanas, tiempo durante el cual fue torturado. El 21 de agosto, acusado de violar la Ley de Preservación de la Paz, Takiji fue encarcelado en la prisión de Toyotama, y puesto en libertad bajo fianza el 22 de enero de 1931.

En julio, tras haber sido elegido miembro y secretario general del comité central permanente de la Liga de Escritores, Takiji alquiló una casa en Mabashi, en el distrito de Suginami de Tokio, hizo venir a su madre desde Hokkaido y estableció un hogar con ella y su hermano menor. Del 23 de agosto al 31 de octubre editó su primera novela publicada por entregas en un periódico, *Un retrato de mujeres nuevas,* en sesenta y nueve números del *Miyako Shinbun.* Esta novela, cuyo título se cambió posteriormente por el de *Yasuko,* nunca se vetó y se publicó sin censurar ni una sola palabra.

En octubre de 1931, mientras terminaba *Yasuko,* Takiji Kobayashi se unió al ilegal Partido Comunista Japonés. La invasión de Manchuria, una vasta región del noreste de China, por parte del ejército japonés estaba en pleno apogeo. El 28 de enero de 1932, la guerra de agresión se extendió a Shanghai, y el 1 de marzo se «fundó» el estado títere de Manchukuo. Entre finales de marzo y mayo, dos figuras destacadas de la Liga de la Cultura Proletaria Japonesa, Korehito Kurahara y Shigeharu Nakano, fueron arrestados. Por esas fechas, Takiji apoyó una campaña para revocar el despido de trabajadores temporales en Industrias Fujikura del distrito de Gotanda, que se convertiría en el escenario de la novela *El camarada (Tōseikatsusha,* también editada por Ático de los Libros). El 3 de abril, tras consultar con Kenji Miyamoto y otros camaradas, Takiji tomó la decisión de emprender actividades clandestinas para reconstruir el movimiento cultural frente a una represión cada vez más intensa. Hacia mediados de ese mes se casó con Fujiko Itō, que había ayudado a ponerle en contacto con los trabajadores de Fujikura. A finales de agosto, redactó las últimas líneas que escribiría de *El camarada.* Nunca podremos saber cómo Takiji podría haber desarrollado el tema del antibelicismo en su literatura. El texto tal y como lo tenemos concluye con las palabras «Fin de la primera parte» y una dedicatoria al «camarada Korehito Kurahara».

Takiji fue torturado hasta la muerte en la comisaría de Tsukiji, en Tokio, el 20 de febrero de 1933. Su novela se publicó en los números de abril y mayo de la *Revista Central* bajo el título *Tenkan jidai* ('Tiempos de cambio'), ya que era imposible que el título elegido por Takiji pasara la censura. A pesar de ese cambio de título, el manuscrito, que constaba de 80 páginas de 400 caracteres cada una, fue censurado en 758 lugares y se censuraron casi 14 000 caracteres.

La posdata editorial del número de abril de la *Revista Central* contiene las siguientes palabras: «En nuestra sección literaria, publicamos una obra maestra póstuma de Takiji Kobayashi, ¡una figura destacada entre los creadores de literatura obrera de nuestro país! Mientras recordamos los años de dura lucha de Takiji y su desgarradora muerte, es precisamente esta obra inacabada la que consideramos su logro verdaderamente monumental». Es posible que en ese duro momento y conmocionados por el asesinato de su camarada, los editores de la *Revista Central* así lo consideraran, pero hoy, casi un siglo después, es *Kanikosen* la novela cuyo legado se ha demostrado más duradero. Esta que tiene el lector en sus manos es la edición definitiva de esa novela en castellano, y no ha perdido ni una brizna del poder que tenía cuando fue escrita.

El editor

I

—Vamos hacia el infierno.

Apoyados en la barandilla de cubierta, dos pescadores contemplaban la ciudad de Hakodate, cuya bahía abrazaba el mar como el caparazón de un caracol. Uno de ellos escupió los restos de un cigarrillo que había apurado hasta quemarse los dedos. La colilla hizo unos cómicos tirabuzones y cayó por el costado del barco. El hombre apestaba a sake.

Los barcos de vapor flotaban sobre sus anchas panzas rojas; otros, que todavía estaban en proceso de carga, se inclinaban hacia un lado igual que si desde el mar algo les tirara de una manga. Como si el frío mar fuera un extraño tapiz, sobre él se mecían anchas chimeneas amarillas, grandes boyas en forma de campana, lanchas yendo y viniendo entre barco y barco como chinches, hollín y trozos de pan y fruta podrida. El viento empujaba las olas y un humo con un pesado olor a carbón. De vez en cuando se oía, retumbando directamente sobre las olas, el ruido de un cabrestante. Justo frente a ese barco conservero de cangrejos, el

Hakko Maru, había un velero con la pintura desconchada. Las cadenas del ancla emergían de la proa por dos agujeros que parecían los orificios nasales de un buey. En la cubierta había dos extranjeros que fumaban en pipa y desfilaban como muñecos de cuerda. Parecía un barco patrullero ruso. Obviamente, vigilaba al cangrejero japonés.

—No tengo ni un chavo. ¡Mierda! ¡Mira! —dijo uno de los pescadores mientras se acercaba a su compañero y le cogía la mano. La llevó hacia su cadera y la puso sobre el bolsillo de los pantalones de pana que llevaba bajo su chaqueta de algodón. Dentro, parecía haber una pequeña caja.

El otro se quedó callado mirando a su compañero.

—Ji, ji, ji —se rio este—. Son naipes.

En la cubierta principal, el capitán paseaba fumando como si fuera un almirante. Apenas superaba su nariz, el humo que exhalaba giraba en todas direcciones y se dispersaba en volutas que se llevaba el viento. Un marinero que caminaba arrastrando sus sandalias de suela de madera entró corriendo en la cabina de proa cargado con un cesto de comida y salió rápidamente de ella. Los preparativos habían terminado y el barco estaba listo para zarpar.

Los dos pescadores miraron hacia la oscura bodega en la que se veía a los obreros como si fueran pájaros que asomaban la cabeza en el nido. Todos eran chicos de catorce o quince años.

—¿De dónde eres tú?

De la calle tal o cual… Como todos. Eran niños de los barrios pobres de Hakodate, y estaban muy unidos entre sí.

—¿Y los de esa litera?

—De Nanbu.

—¿Y los de esa?

—De Akita.

En cada litera eran de un sitio diferente.

—¿De qué parte de Akita?

—Del norte —respondió uno por cuya nariz salía algo parecido a pus y que tenía el borde de los ojos enrojecido.

—¿Campesinos?

—Eso es.

El aire olía a cerrado y a fruta podrida. Además, en el compartimento de al lado se guardaban docenas de barriles de conservas, cuyo fuerte olor también se percibía en la bodega.

—Un día vas a dormir abrazado a papaíto —dijo uno de los pescadores mirando hacia los chicos con lascivia y se rio a carcajadas.

En un rincón oscuro, una madre con aspecto de jornalera, que vestía chaqueta y pantalones de algodón y llevaba un pañuelo atado en forma triangular en la cabeza, pelaba una manzana. Se la daba de comer a un niño que estaba tumbado boca abajo en la litera. Mientras miraba cómo comía el niño, ella masticaba la espiral formada por la piel que acababa de pelar. Otras mujeres hablaban entre sí y deshacían sus hatillos junto a los niños. Eran unas siete u ocho. Había otros niños, llegados de fuera de Hokkaido, a los que nadie había venido a despedir, y que miraban de vez en cuando furtivamente hacia allí.

Una mujer con el pelo y la ropa cubiertos de polvo de cemento sacó una caja de caramelos y repartió un par a cada uno de los niños que había cerca.

—Sed buenos en el trabajo con mi Kenkichi —les decía. Sus manos eran grandes, ásperas y deformes como las raíces de un árbol.

También había otras mujeres que sonaban la nariz a sus hijos, les secaban la cara con una toalla o charlaban entre ellas.

—Tu hijo está sano, ¿eh?

—Bastante.

—El mío está muy débil. No sé qué puedo hacer. Porque...

—En todas partes pasa igual, ¿no?

Los dos pescadores apartaron con alivio la cabeza de la escotilla por la que miraban la bodega. Sin saber por qué, se notaban de mal humor y, en silencio, regresaron desde el agujero de los obreros hacia la proa, donde estaba su propio «nido», en forma de trapecio. Ahí, cada vez que levantaban o bajaban el ancla, las vibraciones los lanzaban unos contra otros como si los hubieran arrojado dentro de una hormigonera.

En la oscuridad, los pescadores estaban hacinados como cerdos y, como en una pocilga, el olor daba ganas de vomitar.

—¡Qué peste! ¡Qué peste!

—Pero ¿tú qué te crees? ¡Si somos nosotros! ¡Que también olemos bastante a podrido, eh!

Un pescador que tenía la cabeza roja y redonda como un tomate bebía sake, que se servía de una garrafa grande a un tazón que tenía el borde mellado, mientras masticaba un trozo de calamar seco. A su lado, había otro marinero tumbado hacia arriba comiendo una manzana y leyendo una revista de relatos que tenía la cubierta rota.

Cuatro hombres habían formado un círculo y estaban bebiendo sake; otro pescador que todavía no había bebido lo suficiente se les unió.

—… pues eso. ¡Cuatro meses en el mar! Sabía que no iba a tener ocasión de acostarme con ninguna… ¿Qué más podía hacer?

Era fornido y tenía la mala costumbre de lamerse el grueso labio inferior y entrecerrar los ojos.

—… y así tengo la cartera.

A la altura de los ojos, blandía un monedero tan liso como un pañuelo recién planchado.

—Aquella putilla, a pesar de ser menuda, lo hace la mar de bien.

—¡Eh, para ya, para ya!

—¡No, no, sigue!

El hombre se rio.

—Mirad, mirad a esos dos de ahí, es admirable, ¿no? —Sus ojos de borracho miraban hacia abajo y con la barbilla señalaba la litera que tenían justo enfrente.

Un pescador le estaba dando dinero a su mujer.

—Mirad, mirad, ¿verdad que es admirable?

Sobre una pequeña caja, estaban alineados los billetes arrugados y las monedas que los dos contaban. El hombre chupaba un lápiz cada vez que anotaba algo en una libretita.

—Madre mía. ¿Lo estáis viendo?

—Yo también tengo mujer e hijos —dijo el hombre que había hablado de la prostituta, como si se hubiera enojado de repente.

En una litera que estaba un poco más allá, había un pescador joven con el pelo largo solo en el flequillo y la cara amoratada, hinchada y resacosa.

—Yo, esta vez, había decidido que no vendría al barco —dijo en voz alta—. El intermediario me hizo ir de aquí para allá y me dejó sin blanca… Y aquí estoy otra vez, apuntado en un viaje largo. Me tendrán trabajando hasta que estire la pata…

Un hombre del mismo pueblo, al que solo se le veía la espalda, le susurró algo en voz baja.

Un par de piernas arqueadas aparecieron por la escotilla y un hombre bajó las escaleras con un gran petate tradicional cargado sobre los hombros. Se quedó de pie, miró alrededor, encontró una litera vacía y se encaramó a ella.

—Hola —dijo, e inclinó la cabeza hacia el hombre que tenía al lado. Tenía la cara aceitosa y negra, como si se la hubiera teñido—. Vengo para unirme a vosotros, compañeros.

Luego supieron que, hasta justo antes de enrolarse en el barco, había trabajado siete años como minero en las minas de carbón de Yubari. Recientemente se había producido una explosión de gas y había estado a punto de morir. Cosas similares habían sucedido muchas otras veces, pero en esta ocasión, de repente, había cogido miedo y había dejado la mina.

En el momento de la explosión estaba empujando un carro en el interior de la mina. El carro estaba repleto de carbón y él lo llevaba hacia un punto en el que lo debían recoger otros compañeros. Fue como si hubieran encendido cien barras de magnesio delante de sus ojos. En menos de una milésima de segundo, sintió que su cuerpo salía despedido por el aire como un trocito de papel. Vio que frente a él, carro tras carro saltaban por los aires como si fueran cajas de cerillas vacías, todos empujados por la deflagración. No recordaba más. No sabía cuánto tiempo había transcurrido, pero sí que lo habían despertado sus propios quejidos. Para evitar que la explosión se expandiera, el capataz y los mineros estaban construyendo un muro en la galería. Él había oído voces de otros mineros que, tras el muro, imploraban ayuda. Eran unas voces que, una vez oídas, se quedaban clavadas en el corazón. Si lo hubieran intentado, los habrían podido salvar. Se levantó de golpe y fue hacia aquellos hombres gritando como un loco: «¡No lo hagáis; no lo hagáis!» (él también había participado en otras ocasiones en la construcción de un muro como aquel, pero nunca antes había sentido nada especial).

—¡Imbécil! Si el fuego llega aquí será mucho peor.

Pero ¿no oían que aquellas voces se volvían cada vez más débiles? Fuera de sí, se puso a correr por la galería agitando los brazos y dando gritos. Encadenó un traspié tras otro y se golpeó con las vigas de la mina. Tenía el cuerpo cubierto de barro y sangre. A medio camino, tropezó con las traviesas de las vías de las vagonetas, dio un trompo como si lo hubiera placado un luchador y al caer se golpeó con el raíl y se quedó otra vez inconsciente.

—Bueno, las cosas no están mucho mejor por aquí, que digamos —comentó el joven pescador que había estado escuchando su historia.

El hombre clavó en el pescador su mirada deslumbrada, amarillenta y sin fulgor —típica de los mineros— y se quedó callado.

Los campesinos-pescadores habían venido desde Akita, Aomori e Iwate. Algunos tenían una expresión sombría y permanecían sentados con las piernas cruzadas y las manos entrelazadas; otros tomaban sake y, abrazándose las rodillas con ambas manos o apoyados contra las columnas, escuchaban las historias que contaban los demás. Todos habían llegado allí porque, a pesar de trabajar en el campo de sol a sol, no podían ganarse la vida. Habían dejado sus parcelas a cargo de sus primogénitos, sus mujeres habían tenido que buscar trabajo en las fábricas y los segundos y terceros hijos varones habían tenido que marcharse a otros lugares para trabajar y aun así no podían comer.

Como si fueran garbanzos quemados en una sartén, los que sobraban eran desechados y expulsados uno tras otro, del campo hacia las ciudades. Todos pensaban en ahorrar y regresar a su tierra.

Pero una vez empezaban a trabajar —en Hakodate, Otaru u otras ciudades— quedaban atrapados como pájaros en cal viva, hasta que perdían el trabajo y entonces acababan desplumados, sin nada, tal como habían venido al mundo al nacer. Y ya no podían regresar a su tierra. Y se quedaban en la nevada Hokkaido, donde no tenían familia, y para sobrevivir ese año tenían que «vender» su cuerpo por una miseria. Y a pesar de que lo mismo sucedía un año tras otro, lo hacían otra vez, como si fueran niños tarados; y al año siguiente otra vez.

Entraron en la sala común tres personas: una vendedora ambulante con una caja de golosinas cargada a la espalda, un vendedor de medicinas y un vendedor de objetos de uso diario. En un lugar marcado como si fuera una isla en el centro del compartimento, colocaron sus mercancías. En las literas de arriba y abajo que había en todas las direcciones, se asomaron todos los hombres y se pusieron a gastarles bromas.

—Así que galletas. ¿Están buenas o qué, chiquilla?

—¡Ah! ¡Ya basta! ¡Qué haces, pervertido! —gritó la vendedora ambulante pegando un salto—: ¡Qué se ha creído este hombre, tocándole el culo a la gente!

El hombre, que tenía la boca llena con la galleta que estaba masticando, atrajo las miradas de todos y se rio avergonzado mientras farfullaba:

—Esta chica es una monada.

Un borracho, que volvía del baño tambaleándose y apoyándose con ambas manos en las paredes para sostenerse, pellizcó los mofletes rollizos y bronceados de la chica.

—¡Qué haces!

—¡No te enfades, chiquilla! Solo quiero abrazarte y que pasemos un buen rato.

Lo dijo haciendo el payaso frente a la mujer. Y todos se rieron.

—¡Eh, hay *manju*,* hay *manju!* —gritó alguien desde un rincón alejado.

—*Síí* —respondió con una voz de mujer clara y penetrante poco frecuente por ahí—. ¿Cuántos quieres?

—¿Cómo que cuántos? Muy raro sería que tuvieras dos. ¡*Manju, manju!* —De pronto, todos se rieron.

—El otro día un tal Takeda cogió a la fuerza a esa vendedora ambulante y se la llevó a un lugar donde no había nadie. ¿No te parece divertido? De todos modos es imposible... —dijo un joven borracho—, ella llevaba pantalones. Dice Takeda que él se los arrancó de golpe tirando muy fuerte, pero que llevaba otros debajo. Llevaba hasta tres pares... —El hombre agachó la cabeza y soltó una carcajada.

---

* El *manju* que ofrece la mujer es un bollo tradicional japonés que normalmente contiene pasta dulce de judías en su interior. Pero el pescador bromea utilizando la acepción vulgar que se refiere a los genitales de la mujer. *(N. del T.)*

Ese hombre, en invierno, trabajaba en el almacén de una fábrica de zapatos de goma. Llegó la primavera, se acabó el trabajo y se fue a trabajar a Kamchatka. Ambos trabajos eran estacionales (casi todos los trabajos en Hokkaido lo eran), así que, como para llegar a fin de mes además tenía que trabajar de noche, no paraba ni un momento. «Si en tres años no la he palmado, tendré que dar gracias», dijo. Su piel tenía color de muerto, parecía caucho.

Entre los pescadores, había algunos que habían sido vendidos como «pulpos»[*] a los colonizadores de las partes más recónditas de Hokkaido o a los constructores del ferrocarril. Otros eran vagabundos que habían recorrido el país en busca de comida, y también había algunos que se conformaban con tener sake para beber. Además, había campesinos de Aomori, honrados e ignorantes como troncos de árboles, escogidos por los alcaldes de sus aldeas. Reunir a gente tan poco organizada y de procedencias tan diversas era lo más conveniente para los empleadores (lo que más temían era a los sindicatos obreros de Hakodate, que estaban intentando por todos los medios introducir a alguno de sus miembros entre los pescadores que iban hacia Kamchatka en los barcos conserveros de cangrejos. Los sindicatos de Akita y Aomori se habían unido a ellos para conseguir ese objetivo).

---

[*] Como el propio autor explica más adelante, a los trabajadores de Hokkaido se los conocía como «pulpos», pues los pulpos, para sobrevivir, se comen sus propios tentáculos. *(N. del T.)*

Un camarero con una chaquetilla blanca almidonada iba y venía ajetreado al salón de popa llevando cervezas, fruta y copas de vino. Ahí estaban los temibles directivos de la compañía, el capitán, el patrón, el comandante del destructor que patrullaba en Kamchatka, el jefe de la policía marítima y el secretario del sindicato de marineros.

—¡Mierda! Estos beben como esponjas —masculló molesto el camarero.

En el «agujero» de los pescadores se encendió una pequeña bombilla. Con el humo del tabaco y el hacinamiento, el aire estaba enrarecido y apestaba. El agujero entero era como una letrina. Tumbados en las literas, los hombres bullían como gusanos. Con el patrón al frente, el capitán, el representante de la fábrica y el capataz bajaron por las escaleras de la escotilla.

El capitán, preocupado por las puntas de su bigote, se pasaba constantemente un pañuelo por el labio superior. En el pasillo había pieles de manzana y de plátano, calcetines empapados, unas alpargatas y papel de envolver con granos de arroz pegados. El desagüe se había atascado. Mirándolo, el patrón escupió sin ningún recato. Todos en su grupo habían estado bebiendo y tenían las caras rojas.

—Quiero deciros unas palabras. —El patrón, que tenía un cuerpo fuerte como el de un albañil, puso un pie en la separación entre literas y, mientras maniobraba un palillo y se sacaba con él restos de comida, se puso a hablar—: Algunos ya lo saben, pero tengo que deciros que el cometido de este barco factoría de cangrejos no debe verse como una empresa cuyo único objetivo sea ganar dinero. Se trata de una cuestión internacional de gran importancia. Nosotros, los ciudadanos del Imperio japonés, ¿somos más capaces que los *ruskis* o no lo somos? Es una lucha de hombre a hombre. Por lo tanto, si…, solo si…, aunque es imposible que eso suceda, si perdemos, los japoneses que tenemos cojones deberemos hacernos el haraquiri y dejarnos caer al mar de Kamchatka. Solo porque tengáis el cuerpo pequeño, no vais a dejar que os ganen esos torpes *ruskis*.

»Y, además, nuestra industria pesquera en Kamchatka no se limita a las conserveras de cangrejos, sino que incluye también las pesquerías de salmón y trucha, lo que nos confiere una ventaja respecto a otros países y es importante para mantener nuestro estatus superior como nación. Y la pesca es de especial importancia para un país tan densamente poblado como el nuestro, pues nos permiten suministrar comida a nuestro pueblo. No creo que una gente tan ignorante como vosotros pueda, pero deberíais entender que por eso arriesgamos nuestras vidas en los agrestes mares del norte. Y por esa razón, cuando vamos ahí, nos protege un barco de las Fuerzas Armadas Imperiales. Así que, si alguno imita esas cosas que se han puesto ahora tan de moda entre los *ruskis* y crea problemas, estará traicionando a la patria. Se supone que eso no sucederá, pero os lo advierto ahora para que os entre bien en la mollera... —El patrón, que parecía estar recuperándose de la borrachera, estornudó repetidas veces.

El comandante del destructor, que también estaba borracho, bajó con paso inseguro por la pasarela, como si fuera una marioneta con un muelle, para subir a uno de los botes que lo esperaban. Sus marineros, desde arriba y desde abajo, cogieron al oficial como si fuera un saco lleno de piedras. Él agitaba las manos, daba puntapiés, vociferaba y escupía a aquellos hombres en la cara.

—Luego hacen todos esos discursos tan bonitos en público y dicen esto y lo otro, pero así es como son...

Cuando lo tuvieron a bordo, uno de ellos, mientras desataba la cuerda desde un extremo de la pasarela y mirando de reojo hacia el comandante del destructor, dijo en voz baja:

—¿Y si nos lo cargamos y lo tiramos por la borda?

Los dos aguantaron la respiración un momento y, luego, soltaron una carcajada al unísono.

II

Cada vez que el faro de Shukutsu daba una vuelta, brillaba a mano derecha en medio de una niebla que lo ocupaba todo y se confundía con el mar de color gris. Cuando giraba, arrastraba varias millas a lo lejos su larga y misteriosa barra luminosa del color del oro blanco.

A la altura de Rumoi* empezó a caer una fina llovizna. Los pescadores y los obreros tenían las manos entumecidas como si fueran pinzas de cangrejo, así que, para calentarlas, se las ponían debajo de las axilas, o formaban un cuenco con ellas delante de la boca y soplaban. La lluvia caía sin cesar como hilos oscuros sobre un mar opaco del color de la pizarra. Pero, al acercarse el barco a Wakkanai, la llovizna se convirtió en un aguacero y la superficie del extenso mar, en una bandera que ondeaba con furia. Apareció la marejada y las olas se hicieron más grandes y rápidas. El viento ululaba siniestro al chocar contra el mástil. Se oía el constante crujir de los remaches, que amenazaban con soltarse.

* Población ubicada en la región de Hokkaido. *(N. del T.)*

El barco, que pesaba casi trescientas toneladas, empezó a saltar como si tuviera hipo al entrar en el estrecho de Soya. Parecía como si una fuerza extraordinaria lo levantara. Ora flotaba en el aire, ora caía volviendo a su posición original con un enorme estruendo. Era como ese desagradable cosquilleo, esa sensación de estar a punto de orinarse, que se tiene a veces en un ascensor cuando desciende demasiado rápido. Los obreros, que tenían la cara amarillenta de desfallecimiento, y los ojos apagados por el mareo, vomitaban.

A través de los ojos de buey empañados por las olas se veía la sólida línea de cimas nevadas de las montañas de Karafuto.* Pero enseguida quedaban ocultas por las olas, erguidas como glaciares alpinos entre los cuales se formaban fríos valles. Las olas se acercaban cada vez más y, entonces, golpeaban contra el ojo de buey, se quebraban y lo llenaban todo de espuma. Luego, resbalaban en los demás ojos de buey hacia atrás y la corriente se las llevaba como en un ciclorama. De vez en cuando, el barco se estremecía entero como un niño enfadado. Se oía el ruido de los objetos que caían de las literas, de algo que se doblaba, de una ola que golpeaba contra el costado. Mientras, desde la sala de máquinas llegaba un constante traqueteo que se transmitía a todas las cosas y los cuerpos. A veces, cuando el barco estaba sobre la cresta de una ola, la hélice salía del agua,

* La isla rusa de Sajalín. Desde 1905 hasta 1945 la parte al sur del paralelo 50 perteneció a Japón. *(N. del T.)*

giraba en el aire y los estabilizadores golpeaban la superficie del mar.

El viento soplaba cada vez con más intensidad. Silbaba con fuerza y hacía que los dos mástiles se combaran como cañas de pescar. Las olas se alzaban y, con la sencillez de quien salta un simple leño, pasaban de un lado al otro del barco, agitadas como una banda de facinerosos, y entonces se las llevaba la corriente. En aquellos momentos, las escotillas se convertían en cataratas.

Por las pavorosas pendientes de esas montañas de agua trepaba el barquito de juguete y entonces, con una sacudida, como si fuera a caer de bruces, descendía por el valle de la ola. ¡Ahora se hundían! Pero pronto, del fondo del valle, surgía otra ola que empujaba de nuevo el costado del barco.

Cuando entraron en el mar de Ojotsk, el color del agua se tornó de un gris más claro. El frío calaba la ropa de los obreros y amorataba sus labios. Cuanto más frío hacía, más caía una nieve fina y seca como la sal. Igual que pequeños trozos de cristal, sus copos se clavaban en la cara y en las manos de los pescadores y los obreros que trabajaban a gatas por la cubierta. Las olas se congelaban en cuanto rompían contra el barco y la cubierta se convirtió en una pista de patinaje sobre hielo. Se tuvieron que poner cuerdas en las cubiertas a las que todos se sujetaban para trabajar. Parecían pañales tendidos. El patrón, que no se separaba de su garrote para matar salmones, vociferaba sin parar.

Sin que se dieran cuenta, otro barco conservero de cangrejos, que había salido de Hakodate al mismo tiempo que ellos, se había ido alejando. Desde lo más alto de aquellas olas alpinas, se veían a lo lejos sus dos mástiles mientras subían y bajaban igual que los brazos de un náufrago agitándose. Un hilo de humo, fino como el de un cigarro, volaba en jirones sobre las olas. Cada vez que el barco estaba en la cresta de una ola se oía una sirena con la que el otro pesquero parecía dar una señal de alarma, pero pronto este barco caía al valle de una ola y la sirena dejaba de oírse.

En el cangrejero había ocho botes de pesca. Los tripulantes y los pescadores tuvieron que arriesgar innecesariamente sus vidas para atarlos y ponerlos a salvo de las olas, que atacaban como si fueran miles de tiburones amenazando con sus blancos colmillos.

—¿Qué os creéis que valéis uno o dos de vosotros? Lo que sí me daría pena sería perder un solo bote —gritó el patrón.

«¡Así que os habéis atrevido a venir hasta aquí!», parecía decir el mar de Kamchatka, que se mantenía al acecho, sorprendido de que hubieran llegado tan lejos. Las olas rugían como leones hambrientos y el barco se veía más débil que un conejo. En el cielo, por todas partes, la ventisca se asemejaba a una gran bandera blanca ondeando al viento. Se acercaba la noche. Pero la borrasca no parecía amainar.

Terminado el trabajo, se fueron todos en orden hacia la «letrina», que es como llamaban a su compartimento común. Tenían las manos y los pies congelados como si fueran nabos gigantes, insensibles y pegados a sus cuerpos. Como gusanos de seda, se metieron en sus respectivas literas y ninguno tuvo fuerzas siquiera para abrir la boca. Se tumbaron y se agarraron a las barras de acero. El barco brincaba como un caballo intentando espantar tábanos pegados a su lomo. Algunos pescadores tenían la mirada perdida en el techo, cuya pintura blanca amarilleaba, o en los ojos de buey azul oscuro que prácticamente estaban dentro del mar; otros se quedaban con la boca medio abierta, como atontados. Nadie pensaba en nada. Una vaga sensación de zozobra los mantenía a todos malhumorados y en silencio.

Uno, tumbado boca arriba, bebía *whisky* a morro. El borde de la botella brillaba a la luz de una opaca bombilla rojiza. Ya vacía, la botella de *whisky* salió disparada con fuerza de la litera, golpeó diversos objetos y refulgió en zigzag. Todos asomaron la cabeza y siguieron la botella con la mirada. Desde un rincón, alguien gritó algo con rabia. Pero, distorsionadas por la tormenta, sus palabras sonaron como un balbuceo.

—Nos alejamos de Japón —dijo uno mientras limpiaba el ojo de buey con el codo.

La estufa de la letrina no hacía más que soltar humo, como si en lugar de humanos fueran salmones o truchas los que tiritaban de frío a su alrededor. Las olas saltaban sobre la escotilla cubierta de lona dando grandes zancadas. Al hacerlo, resonaban con fuerza en las paredes de acero de la letrina, que parecía el interior de un tambor. De vez en cuando, junto al lugar en que dormían los pescadores, se oían golpes contra la pared, como si un hombro fornido la intentara derribar.

El barco era una ballena agonizante que se retorcía en medio del oleaje.

—¡Al rancho! —gritó el marmitón sacando solo el torso y haciendo una bocina con ambas manos sobre la boca—. Por culpa de la borrasca, no hay sopa.

—¿Y qué hay?

—¡Pescado podrido! —respondió, y escondió la cabeza.

Se levantaron uno tras otro. Cuando se trataba de comer, todos se volvían locos como presos. Estaban famélicos.

Sentados, con el plato de pescado salado sobre sus piernas, soplaban el vapor, se echaban pedazos de pescado caliente a la boca y lo pasaban de un carrillo a otro. Esta comida era la primera cosa caliente que habían tenido cerca en todo el día, y sus narices comenzaron a soltar mocos que amenazaban con caer dentro del arroz.

Mientras estaban comiendo, entró el patrón.

—¡Atajo de miserables! ¡Tragando con esa voracidad! ¿Qué os parece esto? ¡Os llenáis la panza un día en que no habéis dado golpe!

Miró de arriba abajo a todos, litera a litera, y luego, balanceándose sobre el costado izquierdo, se marchó.

—¿Qué derecho tiene a hablarnos así? —dijo un exestudiante al que el mareo y el cansancio habían convertido en un espectro demacrado.

—¿Quién, Asakawa? ¡Pero si él es Asa, el del cangrejero; este es el cangrejero de Asa!

—El emperador está sobre las nubes, así que puede hacer lo que le plazca, pero Asakawa, no te equivoques, está siempre aquí y no puede hacer lo que le dé la gana.

A lo lejos se oyó a otro hombre:

—¡Será agarrado! ¡Qué más le da darnos uno o dos platos de arroz! ¡Vamos a darle una hostia! —dijo con una mueca de rabia.

—¡Muy bien, muy bien! Pero, si se lo dices a la cara, mejor.

Estaban todos enfadados, pero no podían hacer nada, así que se rieron.

Entrada la noche, el patrón —que llevaba puesto un chubasquero— entró en el dormitorio de los pescadores. Mientras se agarraba de las literas para mantenerse de pie a pesar de las sacudidas del barco, fue alumbrando con una linterna a cada pescador. Comprobaba los rostros volviendo las cabezas, que rodaban como calabazas, moviéndolas sin reparos para iluminarlas con la linterna. Nadie se despertaba ni aunque lo patearan. Cuando los hubo enfocado a todos, se quedó un momento parado y chasqueó la lengua.

Se fue a la sala de los cocineros, que estaba al lado. La luz azulada de la linterna fue cayendo en ángulo abierto por todos los rincones; las literas repletas, las botas impermeables largas, las chaquetas de algodón colgadas de las columnas y las maletas de mimbre se alumbraban y se oscurecían al ritmo del balanceo de la linterna. La luz, que oscilaba sobre el suelo, se paró un momento y, entonces, en la puerta de la estancia de los cocineros apareció un círculo luminoso como si fuera de un proyector de diapositivas.

Por la mañana se enteraron de que había desaparecido un obrero.

Todos recordaban el duro trabajo del día anterior y pensaron que se lo habrían tragado las olas. Estaban abatidos. Sin embargo, desde el alba, los pescadores tuvieron que ponerse a trabajar, así que no pudieron hablar sobre el asunto.

—¡¿Quién va a ser el imbécil como para saltar por la borda en estas aguas heladas?! Estará escondido. ¡Cuando lo encuentre, lo haré picadillo!

El patrón, haciendo girar su porra como si fuera un juguete, recorrió todo el barco en su busca.

Lo peor de la borrasca ya había pasado. Aun así, las olas se empinaban sobre la nave y pasaban por la cubierta de proa como quien entra en su casa. Como si tuviera el cuerpo dolorido después de luchar día y noche contra el mar, el barco emitía un sonido renqueante. Nubes ligeras, igual que el humo, tan bajas que casi se podían tocar, golpeaban los mástiles, se curvaban y salían disparadas. La gélida lluvia no cesaba. Por los cuatro costados, las olas se erguían vigorosas, y se veía claramente cómo la lluvia torrencial se clavaba en el mar. Resultaba más inquietante que un chubasco que te sorprende mientras estás perdido en un bosque.

La cuerda de cáñamo estaba helada como una barra de hierro. El exestudiante —cogido a ella y atento a no resbalar en el escurridizo suelo— se encontró al camarero, que trataba de subir saltando de dos en dos los escalones de la escalerilla.

—Espera un momento —dijo el camarero, y lo llevó a un rincón resguardado del viento—. Tengo algo interesante que contarte.

Había sucedido aproximadamente a las dos de la madrugada. Las olas saltaban por encima de la cubierta, a veces convertidas en auténticas cataratas. En la oscuridad de la noche, los dientes de las olas brillaban con un blanco azulado. Por culpa de la borrasca, nadie podía dormir.

Justo en ese momento, el radiotelegrafista, atolondrado, había entrado en el camarote del capitán.

—¡Capitán, sucede algo, acabo de recibir un SOS!

—¿Un SOS? ¿De qué barco?

—Del *Chichibu Maru*. El barco que ha estado navegando con nosotros.

—¡Era un cascajo, ese barco! —Sentado en una silla en un rincón, con las piernas abiertas, todavía enfundado en su chubasquero, estaba Asakawa. Golpeando sobre el suelo con la punta de una bota, se mecía sonriente con aire de burla—. Aunque la verdad es que todos son unos cascajos.

—Parece extremadamente urgente.

—¡Vaya! Eso es grave.

El capitán se echó a andar hacia el puente de mando sin siquiera ponerse nada encima. Pero, antes de que pudiera abrir la puerta, Asakawa lo agarró por el hombro derecho.

—¿Quién le ha ordenado cambiar el rumbo?

¿Que quién se lo había ordenado? ¿No era él el capitán? Por un momento, se quedó paralizado como una estaca. Sin embargo, rápidamente, recuperó la compostura.

—Lo decido yo, que soy el capitán.

—¿Así que *capitán?* —dijo el patrón en tono insultante mientras le impedía pasar con los brazos extendidos de lado a lado—. ¿Y de quién te crees tú que es este barco? La compañía lo ha fletado y ha pagado por él. Los únicos que tenemos algo que decir somos el señor Suda, de la empresa, y yo. A ti te llaman capitán y te crees muy importante, pero no vales más que un trozo de papel higiénico. ¿Te has enterado? Si nos metemos en cosas así, perderemos una semana. ¿Estás de guasa, o qué? ¡Pierde un solo día y verás! Y además, el *Chichibu Maru* está asegurado por más de lo que vale. Si ese viejo cascarón se hunde, aún saldremos ganando.

El camarero pensó: «¡Vas a ver qué bronca se monta ahora!». Aquello no podía terminar así. Sin embargo, el capitán, como si le hubieran puesto algodón en la garganta, se quedó ahí de pie sin moverse. Nunca lo había visto de ese modo. ¿Es que lo que decía el capitán no valía para nada? ¡Qué absurdo! Pero así sucedió. El camarero no alcanzaba a comprenderlo.

—¡No esperaba que un hombre de su clase fuera dado a la sensiblería. Si empieza a mostrar compasión ahora, ¿cómo vamos a superar a otros países? —El patrón torció el labio y escupió con todas sus fuerzas.

En la sala del radiotelégrafo, el aparato receptor sonaba sin cesar y, de vez en cuando, emitía pequeñas chispas blanquiazules. De pronto, todo el mundo se acercó para saber cómo se sucedían los acontecimientos.

—Miren, cada vez transmiten más rápido, ¿verdad?

El operador daba explicaciones al capitán y al patrón, que se encontraban detrás, mirando por encima de sus hombros. Estaban quietos, con las espaldas y las barbillas rígidas y los ojos cosidos a los dedos del operador, que hábilmente se desplazaban entre los distintos botones e interruptores.

Cada vez que el barco se estremecía, la lámpara eléctrica, precariamente fijada como un bulto en la pared, se hacía más intensa o se oscurecía. El ruido de las olas que golpeaban con fuerza el costado del barco se mezclaba con el sonido lúgubre de la sirena de alarma, que, según el viento, se alejaba o parecía oírse sobre sus cabezas, y luego desaparecía como si la hubieran encerrado tras una gran puerta de acero.

Se oyó «I, ii, iii» y de la máquina saltó una chispa con una larga cola eléctrica. Después, la máquina dejó de emitir ruido alguno. El corazón les dio un salto en el pecho a todos. El operador, frenético, hizo girar varias ruedecillas y apretó los interruptores del aparato. Pero ya no se oía nada. Habían dejado de emitir.

El operador hizo girar su silla de ruedas.

—¡Se han hundido!

Se sacó los auriculares y fue diciendo en voz baja:

—«Tripulación de cuatrocientos veinticinco. Es el fin. Sin esperanzas de salvamento. SOS, SOS». Lo han repetido dos o tres veces, y luego nada más.

Al oírlo, el capitán se aflojó el cuello de la camisa y sacudió la cabeza como si le costase respirar. Inquieto, miró alrededor con la mirada perdida y se fue hacia la puerta. Empezó a juguetear con el nudo de su corbata. Daba pena ver al capitán en ese estado.

—¿Es verdad lo que me cuentas? —preguntó el estudiante.

Aquella historia lo había atrapado. Poseído por pensamientos lúgubres, el estudiante paseó la mirada por la superficie del mar, que seguía agitado por grandes olas. Un instante el horizonte aparecía justo bajo él, un minuto después contemplaba una estrecha franja de cielo desde un profundo valle.

—¿De verdad habrá naufragado? —se dijo en voz alta. No podía dejar de pensar en eso. Y no podía dejar de pensar que ellos también iban en un barco que era un cascajo.

Todos los cangrejeros eran unos cascajos de barcos. Los trabajadores iban a morir al mar de Ojotsk, pero eso les importaba muy poco a los directivos que estaban en sus edificios de Marunouchi.* Cuando el capitalismo ya no podía obtener más beneficios en los sitios habituales, cuando bajaba el interés y había exceso de capital, hacían literalmente lo que hiciera falta en cualquier

* Barrio del centro de Tokio, entonces el distrito financiero. *(N. del T.)*

lugar; buscaban desesperadamente cualquier salida. Y ahí estaban, ni más ni menos, aquellos cangrejeros con los que ganaban hábilmente cientos de miles de yenes; era natural que estuvieran entusiasmados.

Un cangrejero se consideraba una fábrica (un buque factoría), no un barco que fuera a navegar. Por eso no se le aplicaban las leyes de navegación. A naves que llevaban veinte años amarradas y no eran más que tambaleantes enfermos de sífilis marina, cuyo único futuro era el desguace y cuya única capacidad era la de hundirse, les aplicaban una gruesa capa de pintura con la que maquillar su exterior y los mandaban sin ruborizarse a Hakodate. Cargueros o barcos hospitales lisiados con honor en la guerra Ruso-japonesa y que habían sido descartados como si fueran entrañas de pescado, mostraban de nuevo sus fantasmagóricas siluetas. Si se aumentaba mínimamente la potencia del vapor, las tuberías se rompían y se producían escapes. Si los perseguía una patrullera rusa e intentaban huir a toda máquina (y era algo que sucedía a menudo), el barco entero se pondría a crujir y amenazaría con partirse por la mitad en cualquier momento, temblando como la mano de un hombre con parálisis.

Pero nada de eso importaba. Porque en esos tiempos todos debían sacrificarse por el Imperio japonés. Por otra parte, aunque los barcos cangrejeros eran en realidad factorías, tampoco se les aplicaban las leyes válidas para las fábricas. O sea que no había lugar mejor para que los patrones hicieran lo que les diera la gana.

Algún directivo inteligente había atado cabos y ligado la empresa a «los intereses del Imperio japonés». Y sumas increíblemente ingentes de dinero iban a parar a sus bolsillos. Y, entonces, dentro de su automóvil, pensaba que, para sacar más provecho, presentaría su candidatura a diputado. Y quizá en ese mismo momento, los trabajadores del *Chichibu Maru,* a miles de millas de distancia, en las aguas del Norte, oscuras como un pedazo de cristal roto, combatían su última batalla contra el viento y las afiladas olas. «¡Luchando a vida o muerte!», pensaba el estudiante mientras descendía las escaleras en dirección a la letrina. «Y no es algo que le pase a otra gente», se decía.

Debajo de la escalera de la letrina, había un aviso escrito con muchos errores. Estaba lleno de bultos, porque lo habían pegado con granos de arroz en lugar de cola.

«Una recompensa de 2 paquetes de Bat* y 1 toalla será entregada a quien encuentre al obrero Miyaguchi.»

ASAKAWA,
superintendente

---

* Una conocida marca de cigarrillos. *(N. del T.)*

III

La lluvia y la niebla siguieron durante muchos días. La borrosa costa de Kamchatka se extendía ante ellos como una alargada anguila.

El *Hakko Maru* echó el ancla a cuatro millas de la costa; a partir de las tres millas eran aguas territoriales rusas y no podían entrar.

Cuando terminaron de desenredar las redes, ya estaban listos para comenzar la pesca de cangrejos. Como la salida del sol en Kamchatka se producía a las dos, a esa hora los pescadores estaban perfectamente preparados con sus botas de goma hasta las ingles, dormitando hacinados dentro de las cajas que usaban para las latas.

Uno de los exestudiantes de Tokio, al que había engañado un intermediario, protestaba diciendo que aquello no era lo que le habían prometido.

—¡Nos dijeron que dormiríamos solos, los muy mentirosos!

—Sí, claro, dormimos solos. ¡Cada uno duerme con él mismo!

Habían venido diecisiete o dieciocho estudiantes. Les habían prestado sesenta yenes para el viaje en tren, el alojamiento, la manta, la estera y los gastos del intermediario; así que, al final, cuando llegaron al barco, tenían una deuda de siete u ocho yenes cada uno. Cuando lo descubrieron, se quedaron más atontados que si los billetes que tenían hubieran sido hojas secas. Al principio, sintiéndose entre los pescadores como almas en pena rodeadas por diablos rojos y azules, formaron su propio grupo.

Hacia el cuarto día desde que zarparon de Hakodate, los estudiantes empezaron a encontrarse mal como resultado de comer cada día el mismo arroz duro y la misma sopa. Cuando entraban en los camastros, levantaban las rodillas y se apretaban los unos a los otros las pantorrillas con los dedos. Lo repetían muchas veces y su humor mejoraba o empeoraba inmediatamente según el dedo dejara o no una marca.* Al acariciarse la pantorrilla, a dos o tres se les paralizaba como si hubieran tocado una débil corriente eléctrica. En un extremo de la litera, con las dos piernas colgando, se golpeaban con el canto de la mano en la rótula y probaban si la pierna conservaba sus reflejos.

Para empeorar las cosas, hacía cuatro o cinco días que no evacuaban. Uno de los estudiantes se fue a ver al médico para que le diera un laxante. Cuando volvió, su cara estaba azulada de indignación. «Que no tenía lujos como ese», le habían dicho.

* Comprueban la aparición de síntomas del beriberi, enfermedad producida por falta de vitaminas. *(N. del T.)*

—¿Qué esperabas del médico de un barco? —dijo un pescador veterano que escuchaba al lado.

—Todos los médicos son iguales. El de la empresa donde yo trabajaba también —añadió el pescador que había trabajado en una mina.

Cuando todos estaban tumbados, entró el patrón.

—¿Ya estáis haraganeando? ¡Escuchad todos! Hemos recibido un mensaje diciendo que el *Chichibu Maru* se ha hundido. Al parecer, no hay supervivientes. —Torció los labios y escupió. Era su costumbre.

El estudiante recordó lo que le había contado el camarero. Pensó que, para un tipo que hablaba con esa cara de tranquilidad de las vidas de cuatrocientos o quinientos trabajadores a los que no había intentado salvar, cogerlo y tirarlo al mar sería un castigo demasiado suave. Todos levantaron las cabezas y, de repente, se pusieron a hablar entre ellos. Asakawa salió de allí sin decir nada más, con el hombro izquierdo inclinado hacia adelante.

Al obrero que había desaparecido lo habían encontrado cuando salía de un escondrijo junto a las calderas. Se había ocultado durante dos días, pero el hambre lo había vencido y no había tenido más remedio que salir. Lo había atrapado un pescador de mediana edad. Uno de los pescadores jóvenes estaba furioso por eso y amenazó con pegar al otro.

—¡Cállate! Si ni siquiera fumas, ¡cómo vas a saber a qué sabe el tabaco! —dijo el pescador más veterano, que se había ganado los dos paquetes de Bat y estaba fumando un cigarrillo con deleite.

El patrón le quitó toda la ropa al obrero que se había escondido excepto una camiseta y lo encerró bajo llave en uno de los dos retretes adyacentes. Al principio, todos odiaban ir al váter porque no soportaban los llantos y gritos que se oían al lado. Al segundo día, se convirtieron en sollozos. Y luego los lamentos se hicieron intermitentes. Ese día, cuando terminaron el trabajo, un pescador, preocupado, se apresuró hacia el váter, pero ya nadie golpeaba la puerta desde dentro de la improvisada celda. Ni siquiera cuando dio voces obtuvo respuesta. Por la noche sacaron a Miyaguchi, que estaba inconsciente en el suelo boca abajo con un brazo en el retrete y la cabeza sobre la caja del papel higiénico. Tenía los labios de color azul como si estuvieran pintados con tinta. Eran los labios de un muerto.

La mañana era fría. Aunque solo eran las tres de la madrugada, ya era de día. Se levantaron con las manos entumecidas en los bolsillos y la cabeza gacha. El patrón fue recorriendo las habitaciones de los obreros, los pescadores, los marineros y los fogoneros para obligarlos a salir a trabajar, sin importarle si estaban resfriados o enfermos.

Aunque no soplaba el viento, trabajando en cubierta, los dedos de las manos y los pies perdían el sentido del tacto como si fueran de madera. El capataz de los obreros los insultaba a gritos y metió a catorce o quince en la factoría. Llevaba un garrote de bambú con lenguas de cuero en el extremo. Era lo bastante largo como para poder azotar desde el otro lado de las máquinas a los que holgazaneaban en la factoría.

—Hace un momento estaba pateando a Miyagu-chi, que ayer cuando lo sacaron no podía decir ni mu, porque quería hacerlo trabajar como fuera —dijo mirando de reojo al capataz un obrero de aspecto muy débil, que se había hecho amigo de los estudiantes—. Pero parece que ya se ha dado por vencido, porque no puede hacer que mueva un dedo.

Entonces, apareció el patrón dando empujones a otro obrero que estaba tiritando. Después de varias jornadas trabajando bajo la fría lluvia, se había resfriado y había cogido una pulmonía. Temblaba incluso cuando no hacía frío. Tenía el entrecejo arrugado, como si no fuera un niño, los labios torcidos extrañamente y como sin sangre, y una mirada exasperada. Lo habían encontrado deambulando por la sala de las calderas, incapaz de soportar más el frío de cubierta.

Los pescadores que estaban bajando los botes con los tornos para ir a pescar se quedaron callados siguiendo a la pareja con la mirada. Pero uno, que tendría unos cuarenta años, giró la cara hacia el otro lado, como si no soportara la visión de aquella escena, y negó discretamente con la cabeza dos o tres veces.

—No te hemos traído pagando un pastón para que estés aquí resfriándote y escaqueándote. ¡Y vosotros, imbéciles, no miréis lo que no es asunto vuestro!

El patrón golpeó la cubierta con su garrote.

—Si el infierno es peor que esto, tengo que verlo para creerlo.

—Cuando volvamos a casa, nadie nos creerá, por más que lo expliquemos.

—Es verdad. Es imposible que lo crean si no lo han vivido.

Los cabrestantes de vapor seguían girando. Los botes, que estaban suspendidos en el aire, empezaron a bajar simultáneamente. Los marineros y los fogoneros, apremiados, corrían por la cubierta procurando no resbalar. El patrón miraba alrededor como un viejo gallo con la cresta erguida.

En un receso del trabajo, los estudiantes aprovecharon para sentarse detrás de unos bultos para protegerse un rato del viento. De pronto, el pescador que había trabajado en una mina apareció por la esquina echándose el aliento sobre las palmas de las manos.

—¡Nos estamos jugando la vida! —Esta frase, dicha desde el corazón, se clavó en los corazones de los estudiantes—. Y en la mina era exactamente igual. Parece que no se pueda vivir sin tener que estar al borde de la muerte. Allí vivía aterrorizado por el gas; aquí, aterrorizado por las olas.

Pasado el mediodía, el aspecto del cielo cambió. Una neblina tan suave que confería a todo un aspecto irreal se extendió en todas direcciones. Una multitud de olas de tres puntas surgían de la superficie del mar como agujas en un lienzo. De repente, el viento se puso a silbar en el mástil. El borde de la lona que cubría unos bultos se agitó, golpeando la cubierta.

—¡Los conejos están saltando! ¡Los conejos! —gritaba alguien mientras corría por estribor. El fuerte viento arrastró sus palabras y convirtió su voz en un grito inarticulado.

Sobre la superficie del mar, saltaban ahora las olas triangulares que levantaban salpicaduras blancas en las puntas, como si fueran una infinidad de conejos saltando por una gran pradera. Era la señal de que llegaba una de las típicas ventiscas de Kamchatka. Súbitamente, la corriente del fondo se hizo más rápida. El barco empezó a ladearse. Hasta un momento antes, la tierra se veía a estribor, pero ahora estaba a babor. Entre los pescadores y marineros que se habían quedado en el barco creció la inquietud.

Justo sobre sus cabezas, oyeron la sirena de alarma. De pie en sus puestos, miraron todos hacia el cielo. Entonces, en diagonal detrás de ellos, la enorme chimenea —que, posiblemente, al estar ellos justo debajo, les parecía una gran cisterna— empezó a vibrar. En la barriga de esa chimenea había una sirena en forma de sombrero alemán que resonaba trágicamente en medio de aquel violento vendaval. Avisados por la incesante alarma, los botes, que habían salido a pescar y se habían alejado del barco, regresaban luchando contra la tormenta.

Los pescadores y marineros se agruparon gritando junto a la escotilla de acceso a la oscura sala de máquinas. Desde arriba se filtraba, con cada vaivén del barco, un débil haz de luz que cruzaba la sala en diagonal. Las excitadas caras de los pescadores se hacían visibles o invisibles en un momento.

—¿Qué pasa? —preguntó el minero al meterse en el grupo.

—¡Ese cabrón de Asakawa! ¡Hay que matarlo de una paliza! —dijo otro con furia.

Lo cierto era que, por la mañana temprano, el patrón había recibido una alerta de tormenta de otro barco que estaba a diez millas. El mensaje incluso añadía que, si había botes faenando, tenía que avisarlos para que regresaran a toda prisa.

—Si nos preocupamos por cualquier pequeñez, ¿cómo vamos a completar el trabajo que hemos venido a hacer expresamente hasta Kamchatka? —había dicho Asakawa, según les había contado el radiotelegrafista.

El primer pescador que oyó eso se enfrentó al radiotelegrafista como si fuera el propio Asakawa.

—¿Qué son para ti las vidas humanas?

—¿Vidas humanas?

—Sí, eso.

—¡Pero hombre! Es que Asakawa nunca ha pensado que vosotros seáis humanos.

El pescador quiso decir algo, pero solo le salió un tartamudeo. Su rostro enrojeció de ira y regresó donde estaban los demás.

Permanecieron de pie con caras sombrías, con la rabia hirviéndoles por dentro. Un obrero cuyo padre estaba en uno de los botes que habían salido a pescar se mantenía expectante fuera del círculo de pescadores. El estay aullaba sin pausa. Al oír ese sonido sobre sus cabezas, el corazón de los pescadores se encogía.

Cerca del atardecer se oyó un griterío procedente del puente. Los hombres que estaban abajo subieron a cubierta saltando los escalones de dos en dos. Dos de los botes se acercaban. Estaban atados el uno al otro con cuerdas.

Llegaron muy cerca del barco, pero las grandes olas mecían los botes y el barco como si fueran los dos extremos de un columpio. Se levantaban una tras otra entre ellos y rodaban. Los botes estaban ahí enfrente y no lograban aproximarse más. Era desesperante. Les lanzaron un cabo desde cubierta, pero no los alcanzó. Levantó salpicaduras inútiles y cayó al mar. Y entonces se puso a colear como una serpiente marina. Y así varias veces. Desde el barco, todos llamaban al unísono sin obtener respuesta. Las caras de los pescadores estaban inmóviles como máscaras de piedra. Y también sus ojos estaban vidriosos. Esa insoportable escena les estaba desgarrando el corazón.

De nuevo les lanzaron un cabo. Primero parecía un helecho, luego una anguila cuya punta golpeó con fuerza el cuello del pescador que trató de cogerla con las dos manos. «¡Ah!», gritaron todos. El pescador se cayó de lado. ¡Pero la agarró! Logró anudar la cuerda, que se tensó y se exprimió dejando escapar agua a chorros. Los pescadores que lo contemplaban todo desde el barco se relajaron inconscientemente.

El incesante rumor del estay se hacía más fuerte o se alejaba según la fuerza del viento. A pesar de este, al anochecer habían regresado todos los botes menos dos. Cuando por fin pisaron la cubierta del barco, los pescadores de los botes casi perdieron el conocimiento. Uno de los botes se había llenado de agua, así que los pescadores habían tenido que echar el ancla y pasar a otro para regresar. Del otro bote que no había vuelto y de su tripulación no se sabía nada.

El patrón estaba furioso. Iba y venía de la cabina de los pescadores sin parar mientras ellos, en silencio, lo seguían con miradas llenas de odio como si fueran a matarlo.

Al día siguiente, se decidió que el barco siguiera su ruta, en parte para buscar más cangrejos y en parte para buscar los botes desaparecidos. «Perder cinco o seis cuerpos no tiene ninguna importancia, pero sería una lástima perder el bote».

Por la mañana temprano, en la sala de máquinas estaban muy atareados. Las vibraciones que se producían al levar el ancla hacían saltar como garbanzos a los pescadores que se encontraban en la habitación contigua al pozo de cadena. Las placas de acero de los costados estaban muy sueltas y se caían cada vez que se movía el ancla.

El *Hakko Maru* buscó el primer bote, que había perdido el ancla, hasta una latitud de 51,50º norte. Se veían fragmentos de hielo flotando como seres vivos entre las suaves olas. Pero, de pronto, apareció una enorme cantidad de trozos de hielo que cubrieron la superficie del mar hasta donde alcanzaba la vista y rodearon el barco, desprendiendo una especie de espuma y un vaho semejante al vapor. Les azotaba un aire frío como impulsado por un ventilador. De pronto, se oyeron crujidos por todo el barco, y la cubierta y los pasamanos, que estaban mojados, se cubrieron de hielo. Los costados del barco brillaban por la escarcha como si los hubieran maquillado con purpurina. Marineros y pescadores se llevaban las manos a la cara y corrían por cubierta. El barco embestía el hielo, dejando tras de sí una larga estela de agua, como un camino solitario en un páramo. No había manera de encontrar los botes.

Hacia las nueve, desde el puente, se avistó un bote flotando a proa. Cuando lo supo, el patrón echó a correr presa de la alegría y dijo: «¡El muy jodido, por fin lo hemos encontrado!». Enseguida mandaron una lancha de motor, pero vieron que no se trataba del bote número uno, el que habían estado buscando. Era uno más nuevo, con el número treinta y seis. Sin duda, era propiedad de otro barco, pues llevaba una boya de acero con el nombre de otro buque. Aquello indicaba que aquella otra nave lo había dejado como boya de referencia marcar la posición y se había trasladado a otro caladero.

Asakawa tamborileó con los dedos en el costado del bote.

—¡Qué preciosidad! —dijo con una sonrisa—.
¡Traedlo!

El bote número treinta y seis fue izado con un cabrestante al puente del *Hakko Maru*. Mientras se balanceaba en el aire, grandes cantidades de agua chorrearon desde el bote hacia la cubierta. Con aire orgulloso que parecía decir «¡He hecho un buen trabajo!», Asakawa lo inspeccionó mientras lo bajaban.

—¡Qué maravilla! ¡Qué maravilla! —dijo para sí.

Los pescadores lo miraban mientras ordenaban las redes y murmuraban entre sí.

—¡Menudo ladrón! ¡Me encantaría que se partiera la cadena y se le cayera encima al cabrón ese!

El jefe pasó cerca de ellos mientras trabajaban y los miró con desprecio, como si quisiera arrancarles algo. Y, entonces, llamó al carpintero con voz agria e impaciente.

El carpintero apareció por una escotilla del otro lado.

—¿Qué sucede?

—¿Que qué sucede? ¡Imbécil! Quita el número con una garlopa —dijo el patrón enojado por aquella pregunta inesperada.

El carpintero puso cara de no entender.

—¡Ven aquí, besugo!

Las anchas espaldas del patrón ocultaban la escuálida figura del delgado carpintero, quien con una sierra colgando y una garlopa en la mano, cruzó la cubierta lentamente, como si cojeara. Con la garlopa hizo caer el número tres del treinta y seis del bote y este se convirtió en el bote número seis.

—¡Así está bien, así está bien! ¡Ja, ja, ja, mirad qué les hemos quitado a esos tontos! —el patrón se rio con gran escándalo.

Aunque hubieran navegado más al norte, no habrían encontrado el bote perdido. El barco, que había estado parado mientras se izaba el bote número treinta y seis, empezó a virar suavemente para volver a su posición original. El cielo estaba despejado y limpio como si lo hubieran lavado. Las sierras de Kamchatka brillaban claramente como las montañas suizas de una postal.

El bote perdido no regresó. Los pescadores se fueron a las únicas literas que estaban vacías y reunieron los objetos personales de los compañeros del bote desaparecido, buscaron las direcciones de sus familias y lo ordenaron todo, esperando lo peor. No era una tarea agradable. Se sentían tan tristes como si fueran sus propias pertenencias las que estuvieran recogiendo. Entre los enseres, encontraron varias cartas y paquetes dirigidos a mujeres con el mismo apellido que los desaparecidos, preparados para cuando llegara el transporte. Entre los objetos de uno había una carta escrita mezclando *hiragana* y *katakana** y obviamente redactada chupando a menudo la punta del lápiz. Esa

---

* Nombre de los dos silabarios que se usan junto a los caracteres chinos para escribir en japonés. El hecho de que la carta esté escrita solo usando los silabarios indica que es obra de un niño pequeño. *(N. del T.)*

carta fue pasando por las curtidas manos de los pescadores. Leyendo los caracteres uno a uno como si con-
taran alubias, la fueron devorando y luego pasándose-
la al compañero de al lado negando con la cabeza
como si hubieran visto algo desagradable. Era la carta
de su hijo.

—¡Es todo culpa de Asakawa! Si al final resulta que
han muerto, esto será la guerra —dijo un hombre con
voz ronca y baja, aspirando de manera entrecortada
por la nariz mientras levantaba la vista de la carta. Era
un hombre grande y corpulento que había desempeñado varios trabajos en lo más remoto de Hokkaido.

—Deberíamos darle una paliza; podemos con él
solo, —siguió en voz más baja otro pescador joven y
corpulento.

—Ah, esa carta no me ha hecho ningún bien. Me
ha hecho recordar.

—Si no tenemos cuidado, nos pasará lo mismo. Tenemos que velar por nosotros —dijo el que había hablado primero.

En un rincón, un hombre había estado escuchando
sentado con las rodillas recogidas mientras asentía y se
mordía las uñas de los pulgares mirando hacia arriba.

—Dejádmelo a mí. ¡Cuando llegue el momento,
me lo cargaré!

Todos permanecieron callados, pero aliviados.

Tres días después de que el *Hakko Maru* volviera a su
posición original, el bote perdido regresó inesperada-

mente, y lo hizo con sus tripulantes sanos y salvos. Cuando volvieron de la cabina del capitán a la letrina, todos los rodearon como un tornado.

Por culpa de la gran tempestad, habían perdido el control del bote en un abrir y cerrar de ojos. Se habían sentido impotentes como si fueran un bebé al que agarran por el cuello. Eran los que habían quedado más lejos del barco y, además, el viento se les había vuelto en contra. Todos creyeron que iban a morir. Los pescadores estaban acostumbrados a aceptar con resignación que podían perecer en cualquier momento.

Sin embargo, sucedió algo inesperado. A la mañana siguiente, el bote, medio inundado de agua, amaneció junto a la costa de Kamchatka. Y allí todos fueron rescatados por unos rusos del lugar.

Se trataba de una familia de cuatro miembros. Los pescadores añoraban tanto sus hogares y familias que se emocionaron al estar en la casa de aquella gente. Además, todo el mundo fue amable y les ofreció toda clase de ayuda. A pesar de ello, al principio, el hecho de que sus rescatadores fueran extranjeros con el cabello y los ojos de distinto color y hablaran una lengua diferente les hizo sentir incómodos. Pero, al fin y al cabo, comprendieron que se trataba de seres humanos iguales que ellos.

Cuando tuvo conocimiento del naufragio, mucha gente del pueblo se congregó frente a la casa. La aldea estaba alejada de las pesquerías japonesas.

Estuvieron dos días allí, repusieron fuerzas y emprendieron el camino de regreso.

—No queríamos volver.

¡Quién iba a querer volver a un infierno como aquel! Pero su historia no terminaba ahí. Había más, un incidente interesante que aún no habían contado.

Sucedió justo el día que tenían que regresar. Estaban frente a la estufa, poniéndose la ropa y hablando entre ellos, cuando entraron cuatro o cinco rusos acompañados por un chino. Un ruso con la cara grande, de barba roja, corta y abundante, y algo cargado de espaldas, se puso a hablar en voz alta y gesticulando.

El patrón del bote le dijo por señas que ellos no entendían su idioma. El ruso dijo una sola frase y el chino, que había estado mirándole los labios, se puso a hablar en japonés. Era un japonés raro, con el orden de las palabras cambiado, muy confuso. Las palabras salían tambaleándose como si estuvieran borrachas.

—¿Seguro, ustedes, no dinero?

—Así es.

—Ustedes pobres.

—Así es.

—Así que ustedes proletarios. ¿Comprender?

—Sí.

El ruso, que se reía, se puso a dar vueltas por la estancia. De vez en cuando, se paraba y los miraba.

—Los ricos a los pobres les hacen esto —dijo, agarrándose el cuello—. Los ricos cada vez más y más gordos —añadió, haciendo como si se le hinchara la barriga—. Y ustedes nada que hacer, solo pobres. ¿Comprenden? No bueno, Japón. Los trabajadores así.

—Arrugó la cara como si fuera un hombre enfermo—.
Y los que no trabajan, así —terminó, caminando altivamente.

Los jóvenes pescadores se divirtieron mucho.

—Eso es, eso es —decían, y se echaban a reír.

—Trabajadores, así. Y los que no trabajan, así —prosiguió, repitiendo los gestos de antes—. No puede ser.
Trabajadores, así. —Esta vez lo dijo con el pecho henchido, altivamente—. Los que no trabajan, así —dijo,
imitando a un viejo vagabundo—. Así bien. ¿Comprender? Rusia, este país. Todos trabajadores. Todos
trabajadores así —dijo, altivo—. Rusia, no gente que
no trabaja. No hombres tramposos. Nadie te coge
cuello. ¿Comprender? Rusia no terrible país. Lo que
dice todo el mundo, mentira.

Los pescadores se preguntaban vagamente si el ruso
era lo que llamaban «terrible» o «rojo». Pero, por otra
parte, se les ocurrió que si lo que había dicho el ruso
era «rojo», parecía justo. Fuera como fuera, la idea les
resultaba atrayente.

—¿Comprender? ¿De verdad, comprender?

Dos o tres rusos se pusieron a hablar entre ellos. El
chino los escuchaba. Luego, tartamudeando, se puso a
hablar de nuevo en su japonés entrecortado.

—Muchos no trabajar y enriquecer. Proletarios,
siempre así —dijo, haciendo como si lo agarraran por
el cuello—. ¡Esto no bueno! Proletarios, todos, uno,
dos, tres, cien, mil, cincuenta mil, cien mil, todos,
todos, así —Hizo un gesto, como niños cogidos de la

mano—, y ser fuertes. Esto ser seguro —terminó, golpeándose el brazo—. No ganarán. Nadie. ¿Comprender?

—Sí, sí.

—Los que no trabajar, huir —dijo, haciendo como si escapara—. Bien, de verdad. Trabajadores, proletarios, ser altivos —repetía caminando solemnemente—. Proletarios, los más importantes. Sin proletarios, todos sin pan. Todos morir. ¿Comprender?

—¡Sí, sí!

—Japón, todavía no bueno. Trabajadores así —añadió encorvándose como si empequeñeciera—. Gente que no trabajar, así —espetó altivo y golpeando al que tenía enfrente—. ¡Eso mal, todo! Trabajadores, así. —Estiró el cuerpo en actitud desafiante—. Gente que no trabajar, así —dijo, como si huyera—. Japón, todos trabajadores, buen país. ¡País de proletarios! ¿Comprender?

—¡Sí, sí, comprendemos!

El ruso dio un grito y comenzó una especie de baile.

—¡Trabajadores Japón, actuar! —gritó mientras se estiraba y adoptaba posición de ataque—. Contento. Rusia, todos contentos. ¡Hurra! Todos ustedes regresar barco. En barco, jefes que no trabajar, así —dijo, e hizo gestos altivos para mostrar lo que quería decir—. Tú, todos, proletario, hacer así. —Movió las manos como si boxeara, luego las balanceó como antes y después avanzó—. Muy seguro. ¡Tú ganar! ¿Comprender?

—¡Comprendemos! —El pescador joven que, a pesar de su inicial prevención, se había ido animando, estrechó la mano del chino.

—¡Lo haremos, seguro, lo haremos!

Para el patrón del bote, aquello era hacerse «rojo», y creía que los rusos los inducían a hacer cosas terribles. Así, con tretas de ese tipo, era como Rusia dejaba en ridículo a Japón, pensó el patrón.

Cuando el ruso terminó de hablar, gritó algo y estrechó las manos a los pescadores con todas sus fuerzas. Abrazó a los japoneses y apretó su áspera mejilla contra las de ellos. Los japoneses, azorados, echaron la cabeza hacia atrás sin saber qué hacer.

A pesar de que miraban continuamente de reojo hacia la puerta, todos los pescadores de la letrina se morían de ganas de saber más. Los pescadores les contaron muchas más cosas sobre los rusos que habían conocido. Sus cerebros absorbían todo lo que escuchaban como si fueran papel secante.

—¡Bueno, ya vale!

El patrón del bote, al ver lo impresionados que estaban todos por aquella historia, dio unos golpecitos en la espalda de un joven pescador que hablaba con el corazón en la mano.

IV

Había caído la neblina. Los tubos de ventilación y las chimeneas, los brazos de los tornos y los botes que colgaban e incluso las barandillas de cubierta; todo lo que representaba la rígida frialdad de lo mecánico parecía ahora revestido de una cálida e inaudita familiaridad. Un viento suave y tibio acariciaba sus mejillas y seguía su viaje. Era una noche atípica.

Cerca de la escotilla de popa olía a entrañas de cangrejo. Entre las redes amontonadas, que parecían formar una cordillera, se reflejaban dos sombras de distinta altura.

Había un pescador cuya salud se había deteriorado por el exceso de trabajo, su cuerpo estaba amoratado y entumecido y había subido a cubierta porque hasta el sonido de sus propios latidos le quitaba el sueño. Distraído, miraba al mar que parecía pegajoso como el almidón deshecho. Si lo veía en un estado físico tan deplorable, el patrón lo mataría. Era triste llegar tan lejos como Kamchatka y morir sin siquiera haber pisado tierra firme. Enseguida se puso a pensar. En ese momento, el pescador se dio cuenta de que había alguien entre las redes.

De vez en cuando, se oía el sonido de unas pisadas sobre los restos de cangrejo y después, un murmullo.

Solo empezó a comprender lo que sucedía una vez que sus ojos se acostumbraron a la oscuridad. Un pescador hablaba con un obrero de catorce o quince años, aunque su voz no llegaba hasta donde estaba el pescador enfermo. El obrero, que le daba la espalda al otro, se resistía y cambiaba de posición como si fuera un niño enfadado, y el pescador lo seguía. Así continuaron un rato. Al pescador se le escapó, o eso pareció, un grito. Pero, enseguida, hablando bajo y rápido, dijo algo más. Y, súbitamente, encerró al obrero en un abrazo. Una riña, pensó el pescador enfermo. Solo se oyó, brevemente, el «mfmfmf...» de la respiración de alguien a quien tapaban la boca con una tela. El chico no se podía mover. En aquel momento, entre la suave neblina, las piernas del joven resplandecieron como si fueran cirios. Estaba completamente desnudo de cintura para abajo. El obrero se agachó. Y el pescador, como si fuera un sapo, lo cubrió desde arriba. Sucedió delante de sus narices, en un abrir y cerrar de ojos, y la niebla volvió a cerrarse. El pescador que había estado mirando entornó los ojos. Se sentía aturdido, como si lo hubieran emborrachado o golpeado.

A los pescadores les empezaba a aflorar el apetito sexual. Eran hombres fornidos apartados de forma antinatural de las mujeres durante cuatro o cinco meses. Por la noche, siempre salían historias de las mujeres que se podían comprar en Hakodate, o se contaban groserías sobre las partes íntimas femeninas. Una hoja con escenas eróticas había dado tantas vueltas de mano en mano que el papel casi se deshacía al tocarlo.

Alguien cantó:

> Coge un sitio,
> mira hacia aquí,
> pon bien la boca,
> rodéame con las piernas,
> échale ganas,
> ¡trabajar de puta es realmente duro!

Y, como si fueran esponjas, una sola vez bastó para que todos recordaran la canción. Cada vez que faenaban les salía esa canción; entonces, se ponían a cantar y gritaban «¡Qué mierda!» con desesperación; sus ojos eran lo único que parecía brillar.

En ocasiones, cuando se suponía que dormían, alguno decía:

—¡Mierda, esto es espantoso! No hay manera de dormir. —Y daba vueltas tumbado—. ¡No puede ser, la tengo tiesa!

Para terminar, decía: «¿Qué otra cosa podemos hacer?», y, sosteniendo su miembro, se levantaba desnudo. La estampa de un fornido pescador haciendo aquello era estremecedora y provocaba una sensación horrible. Los estudiantes, pasmados, miraban la escena por el rabillo del ojo.

Muchos tenían poluciones nocturnas. Cuando no había nadie más, algunos se masturbaban. En el rincón de las literas había pantalones y taparrabos húmedos hechos una bola, que esparcían su olor ácido alrededor. Los estudiantes a veces los pisaban como si fueran excrementos.

Entonces, en la zona de los obreros, comenzaban las «visitas nocturnas». Cambiaban Bat por caramelos, se ponían dos o tres en el bolsillo y salían por la escotilla en dirección adonde estaban los más jóvenes.

Cuando el ayudante de cocina abría la despensa —llena de barriles de verduras en salmuera que emitían un olor nauseabundo como un retrete—, un grito furioso salía del oscuro y asfixiante interior:

—¡Cierra la puta puerta! ¡Cabrón! ¡Como entres, te muelo a hostias!

El radiotelegrafista escuchaba los mensajes que circulaban entre otros barcos y le pasaba al patrón toda la información que obtenía sobre las capturas. Así es como comprendieron que su barco iba perdiendo. El patrón se impacientó y la emprendió con los obreros y pescadores como si fueran sus enemigos. Al final, como siempre, los acusaba de todo lo que no iba bien. El patrón y el capataz de los obreros decidieron poner a los marineros a competir con los pescadores y los obreros, para que así rindieran más.

Todos hacían el mismo trabajo, romper los cangrejos para abrirlos; si los marineros vencían a los trabajadores —aunque, de todos modos, no obtenían ningún beneficio por ello—, estos tenían ganas de soltar: «¡Qué mierda!». El patrón aplaudía contento. Hoy hemos perdido, hoy hemos ganado, ¿perderemos en la próxima? Pasaron así muchos días de trabajo intensivo, sudando sangre. En un día, la producción aumentó hasta un cincuenta o un sesenta por ciento. Pero, al cabo de cinco o seis días, ambas partes estaban exhaustas y la producción cayó en picado. Mientras trabajaban, a veces, la cabeza se les caía sobre el pecho. El patrón, sin decir nada, no paraba de golpearlos. Al cogerlos de improviso, soltaban unos gritos de dolor, quejidos que les sobresaltaban incluso a ellos mismos. En medio de esa atmósfera de rivalidad, todos trabajaban en silencio, como si fueran hombres que hubieran olvidado las palabras. No podían permitirse el lujo de gastar una energía que no tenían en hablar.

Entonces, el patrón decidió que empezaría a dar «premios» al bando vencedor. Aquel fuego moribundo del que solo quedaban brasas volvió a arder con grandes llamas.

—¡Qué idiotas! —dijo el patrón en la cabina al capitán, mientras se tomaban una cerveza.

El capitán, que tenía hoyuelos en las manos como una mujer regordeta, le respondió con una sonrisa afable mientras daba suaves golpes en la mesa con un cigarrillo de boquilla dorada. Se encontraba en un profundo estado de frustración por las continuas intromisiones del patrón en sus funciones. Hasta se preguntaba si los pescadores no provocarían, de forma repentina, un incidente y echarían a aquel tipo por la borda al mar de Kamchatka.

El patrón anunció con una nota que, además de premiar al trabajador que rindiera más, se castigaría al que rindiera menos. El castigo consistiría en aplicarle un hierro al rojo vivo sobre la piel. Mientras trabajaban, los hombres no podían dejar de pensar en ese hierro candente, que los acosaba como si fuera su sombra mientras trabajaban.

Una vez más, la productividad del trabajo ascendió de forma espectacular.

El patrón sabía mejor que ellos cuál era el límite de resistencia del cuerpo humano. Cuando terminaba el trabajo, se arrastraban hasta sus literas sin poder reprimir los gemidos de cansancio. «Quizá ha llegado mi hora», pensaban.

Uno de los estudiantes recordó que, siendo un niño, su abuela lo había llevado a un templo oscuro en cuyas paredes había imágenes del infierno. Entonces se preguntó si realmente existiría un lugar así. En su mente infantil, había conjurado la imagen de algún terrible monstruo que se arrastraba con sigilo a través de una ciénaga.

Paradójicamente, el agotamiento les impedía dormir. Incluso después de medianoche, desde diversos rincones de la oscura letrina se oía de repente el sonido de unos dientes que rechinaban —un sonido desagradable, como si alguien arañase un cristal con todas sus fuerzas— o a alguien que hablaba en sueños, o un grito repentino como surgido de una pesadilla.

Mientras yacían insomnes, susurraban para sus adentros: «Tengo suerte de estar vivo». ¡Les decían a sus propios cuerpos lo afortunados que eran por seguir con vida!

El exestudiante era el que más sufría.

—Fíjate en *Recuerdos de la casa de los muertos* de Dostoievski. Si lo piensas ahora que conoces esto, lo de allí no parece nada del otro mundo.

Él, que había sufrido estreñimiento durante días, solo podía dormir anudándose una toalla a la cabeza con fuerza.

—Bueno, es verdad —decía su compañero, lamiendo con la punta de la lengua el *whisky* que había traído de Hakodate como si fuera una medicina—. Pero es que esto es algo grande. La explotación de los recursos naturales en tierras vírgenes es un hecho extraordinario. Fíjate en estos barcos conserveros de cangrejos; dicen que son mucho mejores que antes. Dicen que al principio no había informes meteorológicos ni tampoco sobre las corrientes marinas. La topografía no era buena y había tantos naufragios que perdían la cuenta. Los rusos hundían barcos, capturaban y asesinaban a las tripulaciones. Pero ni aun así se rindieron, siguieron adelante, luchando. Y gracias a que se mantuvieron firmes y lucharon, ahora esta gran riqueza nos pertenece. Así que no hay más remedio que aguantarse.

Así lo explicaban los libros de historia, de modo que se suponía que era verdad. Pero aquello no aplacó la rabia que sentía el exestudiante. Sin embargo, no dijo nada, solo se rascó la barriga, que estaba rígida como una tabla. Y en su pulgar sintió un cosquilleo parecido al de una suave descarga eléctrica. Fue una sensación desagradable. Se llevó el dedo frente a la cara y lo frotó con la otra mano.

Cuando terminaron de cenar, se reunieron todos alrededor de la única estufa, cascada y renqueante, que estaba en el centro de la letrina.

Cuando entraron en calor, empezaron a sudar y un vaho con un asfixiante olor a cangrejo se extendió por la estancia.

—No tengo ni puñetera idea de cuáles son sus razones para tratarnos así, lo único que sé es que no tengo ninguna intención de que me maten.

—¡Ni yo!

Un sentimiento de angustia se apoderó de los congregados como una avalancha. ¡Iban camino de que los matasen! Empezaron a enfadarse sin que su ira tuviera un blanco concreto.

—¿Es-es-estamos b-bien ye-yendo a que que nos nos ma-maten por a-algo que no se-será pa-para nosotros? —tartamudeó un pescador en voz muy alta, impaciente por sus propias dificultades al hablar. Tenía la cara amoratada y se le marcaban las venas en la frente.

Por un momento, nadie dijo nada. Era como si, de pronto, a todos se les hubiera parado el corazón.

—Yo no quiero morir en Kamchatka...

—El transporte ya ha salido de Hakodate. Lo ha dicho el radiotelegrafista.

—Estaría bien volver a casa, ¿no?

—¿Te crees que te van a dejar volver?

—Dicen que hay quien huye en el transporte.

—¿En serio? ¡Qué bien!

—Dicen que algunos hacen como que salen a pescar y huyen a la costa de Kamchatka y se dedican a hacer propaganda roja con los bolcheviques.

—Dicen que esto es por el bien de nuestro Imperio... ¡Desde luego, le han puesto un nombre muy bonito a lo que nos hacen! —El estudiante se desabrochó un botón de la camisa, con lo que dejó al descubierto su demacrado pecho, y se rascó mientras bostezaba. La mugre, que se había secado, caía de su cuerpo en forma de finos copos.

—¡Sí, y eso mientras los ricachones de la compañía se llenan los bolsillos! —dijo un pescador de mediana edad. Tenía párpados arrugados como conchas de ostra. Con la mirada perdida en dirección en la estufa, escupió sobre ella. Al caer, la saliva se convirtió en una pequeña bola que se puso a chisporrotear y danzar como un guisante mientras se hacía cada vez más y más pequeña, hasta desaparecer y dejar un residuo del tamaño de una brizna de ceniza. Todos miraron con indiferencia.

—Es posible que tengas razón...

Un patrón de bote, mientras daba la vuelta a unas botas con suela de goma y las colgaba de la estufa, dijo:

—¡Eh, eh, ahora no vayáis a organizar un motín!

—¡Mierda, haremos lo que nos dé la gana! —exclamó el tartamudo, poniendo los labios como si fueran la ventosa de un pulpo.

Notaron un desagradable olor a goma quemada.

—¡Cuidado, patrón, la goma!

—¡Ah, se ha quemado!

Las olas habían resurgido y golpeaban suavemente el costado del barco, que se mecía como al ritmo de una nana. Las sombras que proyectaba el círculo de hombres dibujaban un enmarañado rompecabezas sobre el suelo. Era una noche tranquila. Por la portezuela de la estufa salía un resplandor rojo que se reflejaba en la parte inferior de las piernas de los hombres. La extraña calma de la noche les permitía, por un momento, solo por un momento, reflexionar sobre sus desgraciadas vidas.

—¿No tienes un pitillo?

—No.

—¿No tienes?

—No, no tengo.

—¡Mierda!

—¡Eh! Pasa el *whisky* para aquí.

El otro puso la botella del revés y la agitó.

—¡Eh! ¡No has dejado ni una gota!

—Ja, ja, ja...

—Este sitio es un infierno, pero aquí estamos; yo también. —Este último era un pescador que había trabajado en una factoría de Shibaura, en Tokio, y se lo había contado a los demás. Para los trabajadores de Hokkaido, era difícil imaginarse un lugar tan «maravilloso» como aquella factoría.

—Con una mínima parte de lo que pasa aquí, en Shibaura ya habrían organizado una huelga —les dijo.

Tras ese comentario, todos comenzaron a narrar sus experiencias. «Apertura de nuevas carreteras», «obra de riego», «construcción de vías férreas», «construcción de puertos en tierras ganadas al mar», «desarrollo de minas nuevas», «roturación», «carga de mercancías», «pesca de arenques», casi todos ellos habían desempeñado alguno de aquellos trabajos.

Cuando la situación estaba en punto muerto en el resto de Japón, porque los trabajadores se habían vuelto «insolentes» y se negaban a aceptar imposiciones, los capitalistas habían extendido sus zarpas ¡a Hokkaido y Karafuto! Ahí podían explotar a sus trabajadores de forma tan despiadada como en las colonias de Corea y Taiwán. Los mismos capitalistas sabían cosas inconfesables de lo que sucedía en esas nuevas colonias, que no se atrevían siquiera a mencionar.

A los peones que trabajaban en la construcción de carreteras y ferrocarriles se los asesinaba en sus barracones con menos ceremonia de la que se usaba para matar a una pulga. Explotados más allá de lo soportable, algunos huían. Si los capturaban, los ataban a una estaca y hacían que caballos los aplastaran bajo sus cascos o dejaban que perros de pelea los mordieran hasta matarlos. Y aquello sucedía a la vista de todos. El ruido que hacía el esternón y las costillas del desgraciado al romperse era algo que aterrorizaba hasta al peón más valiente. Si el torturado perdía el conocimiento, lo reanimaban echándole agua a la cara, y lo hacían tantas veces como fuera necesario. Al final, los perros los atrapaban entre sus fauces y los zarandeaban con sus poderosos cuellos, como si fueran hatillos, hasta que morían. Incluso después de arrojarlo a un rincón, el cuerpo todavía se movía espasmódicamente. También era algo cotidiano recibir quemaduras de un hierro incandescente en las nalgas o palizas con una barra hasta que no podían levantarse. Mientras cenaban, de repente se oía un grito agudo y, al poco, les llegaba un olor apestoso a carne humana quemada. «Lo dejo, imposible. Así no se puede comer». Tiraban los palillos y se miraban unos a otros con semblante sombrío.

Muchos morían de beriberi porque los obligaban a trabajar aunque estuvieran enfermos. Y como no había tiempo que perder, ni siquiera en caso de muerte, dejaban los cuerpos tirados al raso durante días. Muchas veces fuera, en la oscuridad, asomando bajo la estera con la que se tapaba improvisadamente el cuerpo, se veían unos pies mugrientos de un color mate entre amarillo y negro, que habían encogido hasta parecer los de un niño. «Tiene la cara llena de moscas. ¡Si pasas al lado se te echan encima de sopetón!», había dicho un hombre al entrar mientras se golpeaba la frente con una mano.

Los hacían salir a trabajar de madrugada cuando aún era de noche. Los obligaban a trabajar hasta que estaba tan oscuro que no veían ni sus propias manos y solo se distinguía el destello azulado de las puntas de sus picos. Envidiaban a los prisioneros que trabajaban en la cárcel que había cerca. Los coreanos eran los que recibían peor trato. Los pisoteaban tanto los propios capataces y jefes como sus compañeros peones japoneses.

De vez en cuando, el policía destinado en un pueblo que se encontraba a unos veinte kilómetros de distancia acudía caminando, libreta en mano, a hacer preguntas. Si se le hacía tarde, se quedaba a pasar la noche. Pero nunca iba a ver a los peones. Volvía a casa con la cara enrojecida por el alcohol, a medio camino se paraba a orinar, regando en todas direcciones como si fuera un bombero con una manguera, y retomaba la marcha farfullando cosas incomprensibles.

Cada traviesa de cada vía férrea de Hokkaido correspondía, literalmente, al cadáver de un peón. Y los postes hundidos para construir los puertos eran los cuerpos de los obreros enterrados en vida como las antiguas «columnas humanas». Aquellos trabajadores de Hokkaido eran conocidos como «pulpos». Los pulpos, para sobrevivir, se comen sus propios tentáculos. ¡Eso eran exactamente! Así surgió esa clase de explotación primitiva que a nada temía. Los dueños recogían beneficios a paladas. Y lo racionalizaron hábilmente ligándolo a frases como «desarrollo de la riqueza nacional». Los capitalistas eran muy astutos. Los trabajadores perecían de hambre o los golpeaban hasta la muerte «en nombre de la nación».

—Haber vuelto vivo de ahí se lo debo a la ayuda de los dioses. ¡Les estoy agradecido! Pero, si muero en este barco, ¿dónde está la diferencia? ¿Qué estoy haciendo?

—Y se puso a reír de repente. Después, visiblemente sombrío, frunció el ceño y miró hacia otro lado.

Lo mismo sucedía en las minas. Abrían galerías nuevas en las montañas. Para saber qué tipo de gases podían surgir o si la excavación toparía con obstáculos inesperados, del mismo modo que había hecho Nogi, el dios de los soldados,* los capitalistas usaban trabajadores, que se podían comprar más baratos que las cobayas. ¡Más baratos que el papel higiénico! Como si fueran trocitos de atún crudo, colocaban los trozos de carne de obrero uno tras otro para reforzar las paredes de las galerías subterráneas. Ahí, alejados de las grandes ciudades, los capitalistas hacían lo que les placía, y así, a veces, perpetraban cosas terribles. En las vagonetas que transportaban el carbón, a menudo volvían trozos pegajosos de pulgares o meñiques mezclados entre el mineral. Pero nadie, ni mujeres ni niños, se atrevían siquiera a arquear una ceja ante semejante escena. Los

---

* El general Nogi Maresuke (1849-1912), que tomó Port Arthur durante la guerra ruso-japonesa (1904-1905) a costa de sacrificar a un gran número de soldados.

habían acostumbrado a ello y sabían que tenían que empujar las vagonetas hasta la siguiente parada con semblante inexpresivo. Ese era el carbón que movía máquinas gigantescas que producían los beneficios que los capitalistas necesitaban.

Esos mineros, igual que los hombres que han pasado mucho tiempo en la cárcel, tenían las caras cetrinas, abotagadas y con expresión vacua. La falta de luz solar, el polvo del carbón, los gases venenosos y la temperatura y presión anormales habían provocado en sus cuerpos un deterioro que era evidente a simple vista.

—Si trabajas como minero durante siete u ocho años, aproximadamente, cuatro o cinco los habrás pasado en la profundidad de las tinieblas; sin siquiera una oportunidad de salir al sol, ¡durante cuatro o cinco años!

Sin embargo, para los capitalistas aquello no importaba, ya que disponían en todo momento de una gran cantidad de trabajadores sustitutos. Cuando llegaba el invierno, tal y como esperaban, los trabajadores se desplazaban hacia las minas.

Había «granjeros colonos», es decir, campesinos que habían emigrado a Hokkaido. A través de películas con eslóganes como «desarrollo de Hokkaido», «solución del problema de la falta de alimentos para la población», «fomento de la emigración» y «hacerse rico emigrando» y fotografías de maravillosos terrenos, los poderosos animaban a campesinos, a los que estaban a punto de robar las tierras, a emigrar, solo para, una vez llegaban a su destino, abandonarlos en tierras donde no había más que barro a un palmo de profundidad. Los poderosos ya se habían quedado las partes de tierra fértil. Hubo muchos casos en los que familias enteras perecieron antes de la llegada de la primavera, enterradas bajo la nieve sin poder comer ni siquiera patatas. Cuando la nieve se derretía, llegaba el «vecino», que vivía a una milla de distancia, y descubría los cuerpos. Muchas de las víctimas habían intentado sobrevivir comiendo paja, y todavía les quedaban restos en la boca.

Incluso si, excepcionalmente, se salvaban de morir de hambre, pasaban diez años labrando esa tierra árida y, cuando creían que la habían convertido ya en un campo normal, descubrían que en realidad era propiedad de otra persona. Los capitalistas (usureros, bancos, aristócratas, ricos), les prestaban (arrojaban) grandes cantidades de dinero de modo que, cuando esos eriales se convertían en tierras ricas, siempre se las acababan quedando. Imitándolos, otros especuladores astutos acudían a Hokkaido en busca de hacer dinero fácil. A los campesinos les quitaban lo que era suyo por todas partes. Y terminaban siendo simples aparceros, como en sus lugares de origen. En ese momento, se daban cuenta por primera vez de la trampa en que habían caído: «¡Qué tonto he sido!».

Para ganar algo de dinero con el que luego regresar a sus pueblos, cruzaban el estrecho de Tsugaru y llegaban a la nevada Hokkaido. En aquel barco conservero de cangrejos había muchos hombres expulsados de sus tierras por otros hombres.

Los estibadores tenían una vida tan dura como los pescadores del barco. Desde las pensiones de Otaru, donde los tenían concentrados bajo vigilancia, los trasladaban en barco a las lejanas Hokkaido y Karafuto. Si resbalaban un milímetro, se caían y quedaban debajo de los maderos que transportaban, aplastados como una galleta de arroz. Para bajar la madera al mar utilizaban unos tornos que traqueteaban y que el agua volvía resbaladizos. Si se soltaban, aquellos cabrestantes podían, de un solo golpe, partirle la cabeza a un hombre y lanzarlo al mar como si fuera un insecto.

En la metrópolis, los trabajadores permanecían callados durante su jornada laboral para evitar que los mataran, pero después se asociaban e intentaban resistir frente a los abusos. Pero en las colonias, los trabajadores se encontraban en unas circunstancias completamente distintas. No hacían más que sufrir. A base de intentar seguir adelante, el sufrimiento de sus cuerpos había ido creciendo igual que una bola de nieve que desciende por una colina nevada.

—¿Qué va a ser de nosotros…?

—Está claro que nos van a matar…

Todos se quedaron callados, con ganas de decir algo, pero sin poder hacerlo.

—E-e-estooo…, antes de que nos maten, los vamos a matar nosotros —soltó el tartamudo con violencia.

«Pon, pon», golpeaban suaves las olas en el costado.
En algún lugar de la cubierta, se escapaba vapor a través de un tubo que emitía un sonido agudo y conti-
nuo, como el de una tetera.

Antes de acostarse, los hombres se quitaban las camisetas de punto o de franela, acartonadas por la mugre
como calamares secos, y las extendían sobre las estufas.
Formando un círculo como si rodearan una mesa ca-
milla, cogían cada uno de un extremo de la camiseta y,
cuando estaba caliente, la sacudían. Sobre la estufa
caían chinches que crepitaban y soltaban un olor repugnante a carne quemada. Eran los bichos que salían
de las costuras de la ropa huyendo frenéticamente del
calor. Si los cogían con los dedos, notaban el tacto de
la grasa de la piel. Algunos de los bichos estaban tan
gordos que distinguían con claridad sus cabezas, extra-
ñas como la de las mantis.
—Oye, coge de esa punta.
Un hombre extendía su taparrabos y, haciendo que
alguien lo sostuviera por el otro extremo, le quitaba los
piojos. Algunos se metían los piojos en la boca y los
hacían crujir con los dientes delanteros, o los aplasta-
ban con las uñas de los pulgares hasta que se les teñían
de rojo. Como si fueran niños, se frotaban enseguida
las manos sucias en el dobladillo de las chaquetas y
empezaban de nuevo. Pero ni aun así podían dormir.
Durante toda la noche sufrían los ataques de piojos,
pulgas y chinches. Hicieran lo que hicieran, no logra-

ban exterminarlos. Si se ponían de pie sobre las húmedas literas, las pulgas les subían por las piernas. Al final, se preguntaban si no habría alguna parte de sus cuerpos que se estuviera pudriendo. Tenían la extraña sensación de ser cadáveres en descomposición tomados por los gusanos y las moscas.

Al principio se les permitía bañarse un día sí y otro no e incluso entonces sus cuerpos estaban siempre sucios y hedían. Sin embargo, al cabo de una semana, la frecuencia pasó a ser de una vez cada tres días y, al cabo de un mes, de una vez por semana. Hasta que, finalmente, pasó a ser dos veces al mes. Había que ahorrar agua, pero el capitán y el patrón se bañaban cada día. Eso no era derrochar.

Se ensuciaban con los jugos de los cangrejos, y así durante días; era imposible que los piojos y las chinches no se multiplicaran. Al desatar el taparrabos, empezaban a caer granos negros. Después de llevar atado el taparrabos, en la barriga quedaba una marca roja circular. Aquella zona les escocía hasta que el picor se volvía insoportable.

Mientras dormían, siempre se oía el sonido de alguien que se rascaba con fuerza. Era como si tuvieran un pequeño muelle en las extremidades inferiores, que no les dejaban de picar. Entonces, los hombres se retorcían y cambiaban de postura, pero, una y otra vez, les pasaba lo mismo. Y así hasta la mañana. La piel se les resecaba como si tuvieran sarna.

—Estos condenados bichos van a acabar con nosotros.

—Vaya, ¿a que no te imaginabas que tendrías una muerte tan bonita?

Como no podían hacer nada mejor, se echaban a reír.

V

Dos o tres pescadores corrieron nerviosos por la cubierta. Cuando llegaron al borde, se tambalearon hasta que sus manos encontraron la baranda. El carpintero, que estaba haciendo algunos arreglos en la cámara de cubierta, estiró el cuello y miró hacia donde habían corrido los hombres. El frío y cortante viento le llenó los ojos de lágrimas y al principio no le dejó ver. Ladeó la cabeza y se sonó con fuerza. Pero el moco, impulsado por el viento, describió una línea curva y salió volando.

El cabrestante de la grúa de babor de la popa vibraba. Todos estaban pescando, así que no había ningún motivo para que se moviera. Había algo colgando del torno y ese algo se agitaba. El cable colgaba a plomo, balanceándose suavemente y describiendo círculos.

«¿Qué sucede?», se preguntó el carpintero sorprendido. Ladeó de nuevo la cabeza y volvió a sonarse. Pero el viento se volvió a llevar el fino moco, que esta vez se le quedó pegado al pantalón. «Ya están otra vez». Seguía secándose continuamente las lágrimas con la manga y asegurándose de lo que veía. Desde donde estaba, distinguía —con el mar azul grisáceo que deja la lluvia, al fondo— el cuerpo de un obrero, de un color negro perfectamente visible, colgando del brazo del torno. El brazo lo había elevado hasta lo más alto del cabrestante. Allí quedó colgando como un trapo durante un buen rato, al menos veinte minutos. Después lo bajaron. El cuerpo se balanceó y las piernas empezaron a moverse como si forcejeara, igual que una mosca atrapada en una tela de araña.

Finalmente, perdió al hombre de vista tras la cámara de cubierta. Solo de vez en cuando se veía el cable que colgaba recto, balanceándose como si fuera un columpio.

Parecía como si las lágrimas le hubieran entrado en la nariz al carpintero y no paraban de salirle mocos. Se volvió a sonar. Cogió el martillo que le colgaba de un bolsillo lateral y se puso a trabajar.

De pronto, escuchó y miró a su alrededor. El cable empezó a balancearse como si alguien tirara de él y entonces oyó unos ruidos sordos y extraños.

El color de la cara del obrero que colgaba de la grúa había cambiado. De sus labios inertes y apretados salía espuma. Cuando el carpintero fue hacia abajo, el patrón estaba orinando desde la cubierta hacia el mar, tenía un palo bajo el brazo y la espalda erguida en una postura incómoda. «Con eso lo ha golpeado», pensó el carpintero mientras miraba el palo de madera. El orín, arrastrado por el viento, salpicaba el borde de la cubierta.

A causa del exceso diario de trabajo, a los pescadores y a los obreros se les hacía cada vez más difícil levantarse por la mañana. El patrón se paseaba con una lata de petróleo vacía y la golpeaba junto al oído de los que todavía dormían. No paraba hasta que abrían los ojos y se levantaban. Los que tenían beriberi inclinaban a medias la cabeza, como si fueran a hablar, pero el patrón hacía como que no los veía y seguía golpeando la lata vacía. Como ni siquiera podían hablar, los enfermos parecían pececillos que salían a la superficie boqueando para intentar respirar. Cuando consideraba que ya había hecho bastante ruido, les decía:

—¿Qué pasa? ¿Os tengo que levantar a golpes? —los amenazaba—. Este trabajo lo hacéis por la patria, así que os lo tenéis que tomar como si esto fuera la guerra. ¡Tenéis que arriesgar vuestras vidas, imbéciles!

Les arrancaba las mantas a los enfermos y los empujaba hacia la cubierta. Los enfermos de beriberi se golpeaban las puntas de los pies con cada escalón. Con una mano se aferraban a la barandilla y se agarraban los pies con la otra para subir por la escalera. A cada paso, el corazón les saltaba como si recibiera una patada del mar.

El patrón y el capataz de los obreros atormentaban a los enfermos como si fueran unos hijos repudiados. Cuando trabajaban enlatando el pescado, los mandaban a cubierta a partir pinzas de cangrejo. Y, una vez habían terminado, los enviaban a poner etiquetas. Los obligaban a mantenerse en pie en el frío aterrador de la oscura factoría, cuidando de no resbalar en el gélido suelo, hasta que sus piernas tenían menos sensibilidad que un apéndice ortopédico; si se relajaban, las articulaciones de las rodillas cedían como bisagras rotas y, si caían, corrían el riesgo de no poder levantarse del suelo.

Un estudiante empezó a golpearse suavemente la frente con el revés de la mano, manchada de restos de cangrejo. Al cabo de un rato, cayó hacia atrás. El montón de latas vacías que estaban apiladas a sus espaldas se le derrumbaron encima con gran estruendo, casi enterrándolo. Como el barco estaba escorado, algunas de las latas rodaron, centelleando hasta caer bajo las máquinas y perderse entre la mercancía. Sus compañeros se disponían a llevar al estudiante hacia la escotilla, pero toparon con el patrón, que justo en ese momento bajaba hacia la factoría silbando. Los miró y dijo:

—¿Quién ha parado el trabajo?

—¡Aparta y deja pasar! —gritó un estudiante, ebrio de ira.

—¿Quién es el imbécil que ha dicho eso? ¡Venga, repítelo! —El patrón sacó una pistola del bolsillo y la hizo girar como si fuera un juguete. De repente, torció la boca, se estiró y soltó una gran carcajada.

—¡Traed agua!

Cogió un cubo de agua y lo vació sobre el estudiante, que había quedado tendido boca abajo en el suelo como si fuera una traviesa de ferrocarril.

—Se pondrá bien. No os metáis en lo que no os concierne, ¡y volved al trabajo cagando leches!

Al día siguiente, cuando los obreros bajaron a la factoría, vieron al estudiante del día anterior atado a la columna de un torno. Tenía el cuello doblado sobre el pecho igual que un pollo desnucado. Justo en la nuca se le marcaba claramente la protuberancia redonda de una de las vértebras superiores. En el pecho, a modo de babero infantil, llevaba un cartón escrito a mano con una letra que era claramente la del patrón: «Este es un traidor que se hace pasar por enfermo. Está prohibido desatarle la cuerda».

Le tocaron la frente y estaba más fría que el hierro. Hasta que habían entrado a la factoría, los trabajadores habían estado charlando ruidosamente. Ahora todos callaban. Cuando oyeron la voz del capataz que bajaba, se apartaron de la máquina junto a la que estaba el estudiante, se separaron en dos filas y se fueron cada uno a su lugar de trabajo.

El trato que recibían empeoró a medida que la pesca de cangrejos se hizo más intensiva y hubo más trabajo. Les rompían los dientes y se pasaban la noche escupiendo sangre. El exceso de trabajo hacía que les sangraran los ojos y las repetidas bofetadas que recibían en las orejas los habían dejado prácticamente sordos.

Estaban tan exhaustos que se quedaban abúlicos, como si estuvieran borrachos. Cuando llegaba la hora de terminar, se decían «Por fin», y, por un instante, sentían alivio.

Justo cuando recogían, oyeron al patrón que llegaba gritando: «¡Hoy se trabaja hasta las nueve!». «¡Estos imbéciles solo se mueven deprisa cuando les dicen que ya ha terminado la jornada!».

De nuevo, se pusieron en marcha como a cámara lenta. No les quedaban fuerzas para más.

A veces, el patrón bajaba a letrina para aleccionarlos:

—¿Está claro? No podemos volver aquí una segunda o una tercera vez. Y no sabemos cuándo podremos pescar cangrejos de nuevo. Si solo porque habéis trabajado diez o trece horas en un día lo dejáis a la hora en punto, esto será un desastre. Este trabajo es distinto. ¿Queda claro? Cuando no haya cangrejos, tendréis tanto tiempo libre que no sabréis qué hacer con él. A los *ruskis* les da igual cuánto pescado tienen delante de sus narices; cuando llega la hora, lo dejan sin que pase ni un solo minuto. Eso es lo que son y así le va a Rusia. Vosotros, hombres japoneses, no debéis imitarlos nunca.

«Pero ¿qué coño dices?», pensaban algunos, y dejaban de escuchar. Sin embargo, otros, cuando oían al patrón, se decían: «Los japoneses somos extraordinarios». El extenuante y cruel trabajo de cada día les parecía algo heroico, y eso los consolaba.

Mientras trabajaban en cubierta, veían a menudo un destructor que cruzaba la línea del horizonte hacia el sur. La bandera japonesa ondeaba en su popa. Los pescadores, emocionados y con lágrimas en los ojos, saludaban blandiendo sus gorras. «Nuestros protectores», pensaban. «¡Mierda! Cuando los veo, se me saltan las lágrimas».

Se quedaban mirando al destructor mientras se hacía cada vez más pequeño, hasta que desaparecía cubierto de humo. De vuelta a la letrina, hechos un trapo, solo gritaban: «¡Mierda!». En aquel lugar oscuro, sus voces llenas de odio sonaban como bramidos de toros. Aunque no sabían a quién iban dirigidos, los pensamientos y las acciones de aquellos doscientos hombres, que hablaban con rudeza cada día entre ellos, se orientaron de manera imperceptible (y con la lentitud con la que se desplaza una babosa por el suelo) en una misma dirección. Por supuesto, también había algunos que, en ese camino común, se quedaban estancados, u otros de mediana edad que tomaban otro rumbo. Pero sucedía sin que se dieran cuenta, así iban las cosas, y era solo cuestión de tiempo que llegaran a entender claramente lo que ya presentían.

—No aguanto más —dijo una mañana el minero mientras subía lentamente a la cubierta.

El día anterior había trabajado casi hasta las diez y su cuerpo era como una máquina a punto de romperse. Mientras subía, se quedó dormido. Cuando le gritaron desde atrás, se puso a mover los pies mecánicamente. Resbaló, cayó sobre la escalera, pero siguió subiendo, reptando sobre la barriga.

Antes de ponerse a trabajar, se reunieron en una esquina. Todos tenían las caras de color terroso, como muñecos de barro.

—Yo voy a bajar el ritmo, no puedo seguir así —dijo el minero.

Todos permanecieron en silencio, pero sus caras lo decían todo. Al fin, alguien habló:

—¡Te van a marcar con el hierro!

—No me estoy escaqueando. Es que de verdad no puedo —dijo, se arremangó y se examinó el brazo como si pudiera atravesarlo con la mirada—. No será mucho tiempo. Yo no me escaqueo.

—Si es así, está bien…

Ese día, el patrón recorrió la factoría como si fuera un gallo de pelea. «¿Qué pasa? ¿Qué pasa?», gritaba. Como no era cuestión de un solo hombre, sino que casi todos estaban trabajando más lento, no le quedaba más remedio que ir dando vueltas irritado. Era la primera vez que tanto los pescadores como los marineros veían al patrón en aquel estado. En la cubierta, cientos de cangrejos que habían salido de las redes caminaban rascando el suelo. Como si se tratara de una cloaca atascada, el trabajo se hacía más lentamente. ¡El garrote del patrón no servía de nada!

Cuando terminó la jornada, todos regresaron lentamente a la letrina frotándose el cuello con una toalla llena de mugre. Se miraron e, inesperadamente, se echaron a reír. No sabían por qué, pero no podían hacer nada por evitarlo. Los marineros también se contagiaron. El patrón había tratado de enfrentarlos a los pescadores para hacerlos trabajar más a todos; y ahora se daban cuenta de que les había tomado el pelo, así que también ellos recurrieron a trabajar más lento de vez en cuando.

—Ayer trabajé demasiado, así que hoy paso.

Si antes de empezar alguien decía algo por el estilo, todos lo hacían. En realidad, aunque dijeran que pasaban, lo único que hacían era trabajar de forma más desahogada. Y es que todos tenían el cuerpo maltrecho. Si había que hacerlo, no quedaba más remedio y se hacía. Al fin y al cabo, si los iban a matar, daba igual el método. Todos sentían lo mismo. Y ya no aguantaban más.

—¡El transporte, el transporte!

El griterío de cubierta se oía desde abajo. En la letrina todos salieron volando de las literas con los harapos que llevaban puestos. El transporte los excitó más que una mujer. No olía a mar ni a sal, sino que traía consigo el aliento mismo de Hakodate. Olía a tierra, a la tierra inmóvil que ellos no habían pisado desde hacía meses, desde hacía cientos de días. El transporte entregaba cartas con fechas diversas, camisetas, ropa interior, revistas y muchas otras cosas.

Los hombres cogían los paquetes con las manos huesudas y empapadas de grasa de cangrejo con la audacia del águila que agarra a su presa y se iban corriendo a la letrina. Se sentaban en sus literas con las piernas cruzadas y colocaban los bultos a la vista. Contenían muchas cosas: cartas que los niños habían escrito de su puño y letra al dictado de sus madres, toallas, dentífrico, mondadientes, papel higiénico, ropa y, debajo de todo eso, inesperadamente, cartas de sus esposas aplastadas por el peso del paquete. Todos trataban de descubrir en cada cosa el olor de sus hogares en tierra firme. El olor a leche de sus niños o el característico aroma de la piel de sus mujeres.

Se me está secando el coño.
Si un sello de tres costara,
¡en lata te lo mandaba!

Alguien cantaba estos versos a gritos con la melodía de la canción *Sutoton Bushi*.*

Los tripulantes y pescadores que no habían recibido nada deambulaban por ahí con los brazos rígidos como palos y las manos en los bolsillos. Todo el mundo les tomaba el pelo, diciéndoles: «No me extrañaría que tu mujer hubiera llamado a otro para tener compañía mientras tú no estás».

Mirando hacia un rincón oscuro, un hombre permanecía ajeno al bullicio y contaba algo con los dedos una y otra vez. El transporte le había traído la noticia de la muerte de su hijo. Habían pasado dos meses sin que se hubiera enterado. La carta decía que no habían tenido suficiente dinero para un telegrama. El hombre pasó mucho tiempo taciturno, hasta el punto de que sus compañeros se preocuparon.

También había un caso completamente opuesto. Uno que había recibido la foto de un bebé, regordete como un pequeño pulpo.

* Melodía popular en aquella época a la que se le añadían letras diversas.

—¡Es mío! —dijo el padre con una extraña voz, y se rio—. ¡Este bebé es mío! ¿Qué os parece? —decía sonriente mientras les mostraba la foto uno a uno.

Los paquetes traían detalles sin importancia, cosas que solo una esposa atenta tendría en consideración. Pero esos detalles hacían que, a todos, el corazón les latiera de forma extraña y desearan con todas sus fuerzas volver a casa.

En el transporte había llegado también un equipo de proyección de cine enviado por la compañía. Habían programado una sesión en el barco para la noche en que las latas de cangrejos se cargaban en el transporte.

Dos o tres hombres muy parecidos, todos con pajarita, gorra plana ladeada y pantalones bombachos, subieron a bordo un gran baúl.

—¡Qué peste! ¡Qué peste más asquerosa! —decían mientras se quitaban las americanas. Y luego, silbando, fijaban la pantalla, tomaban medidas y colocaban la base para el proyector.

Los pescadores enseguida vieron que aquellos hombres no procedían del mar, supieron que eran distintos y aquello los atrajo. Tanto los marineros como los pescadores, con aire despreocupado, los ayudaron en sus trabajos.

El que parecía mayor y de aspecto más llamativo llevaba unas gafas de montura gruesa y dorada, estaba algo apartado y se secaba el sudor del cuello.

—Oiga, vigile, si se queda mucho rato ahí le van a empezar a subir pulgas por las piernas.

Al oírlo, dio un chillido, «¡Ay!», y saltó como si hubiera pisado una plancha de hierro caliente.

Los pescadores que lo vieron se echaron a reír.

—¡Este es un lugar terrible! ¿No? —dijo el dandi con una voz profunda. Sin duda, era el narrador de las películas que iban a ver—. Supongo que no lo sabéis, pero ¿cuánto os creéis que gana la empresa con este negocio? ¡Una cifra tremenda! Ya os lo digo. ¡Cinco millones de yenes en seis meses! ¡Diez millones en un año! Dicho así, diez millones, no parece gran cosa, pero es mucho. No hay muchas compañías en Japón que puedan pagar un veintidós y medio por ciento de dividendo a sus accionistas. Dicen que el presidente pronto será parlamentario y entonces las cosas irán de fábula. Claro que supongo que no ganarían tanto si no hicieran las cosas de este modo tan horrible.

Se hizo de noche.

Para celebrar la lata número diez mil, repartieron sake, licores, calamar seco, cocido, cigarrillos Bat y caramelos entre todos.

—Ven con papito. —Pescadores y marineros intentaban atraer a un joven obrero.

—Siéntate aquí, que te la enseño.

—¡Eh, tú! Te digo que vengas conmigo.

Así siguieron durante un buen rato.

Súbitamente, cuatro o cinco hombres que estaban en la primera fila se pusieron a aplaudir. Sin entender nada, los demás los imitaron. El patrón se puso delante de la pantalla blanca. Bien erguido, colocó las ma-

nos detrás de la espalda y comenzó a hablar usando
palabras corteses como «caballeros» o «un servidor»,
que normalmente no usaba, mezcladas con los habituales «hombres de Japón» e «interés nacional». La mayoría no escuchaba y se dedicaba a masticar calamar
seco ruidosamente.

—¡Cállate, cállate ya! —gritó alguien desde atrás.

—¡Siéntate! ¡No queremos oírte a ti! ¡Ya hay un narrador de verdad!

—¡Te sienta mejor el garrote! —dijo uno, y todos
rieron.

Se pusieron a silbar y a aplaudir.

En esa situación, el patrón no podía enfadarse, pero
se ruborizó, masculló algo y se encogió de hombros
(como todos gritaban, no se le oía). Entonces, comenzó la película.

La primera era un documental. Escenas de Miya-
gi, Matsushima, Enoshima y Kioto se reflejaban sobre la pantalla al son del vaivén del barco. De vez en
cuando, se cortaba. A veces sucedía que dos o tres
imágenes se superponían, se mezclaban, el proyector
se apagaba y la pantalla quedaba en blanco. Luego
pusieron una película occidental y una japonesa, pero
el celuloide estaba tan gastado y arañado que parecía
que llovía en todas las escenas. Aquí y allá se habían
hecho cortes y vuelto a pegar la película, por lo que el
movimiento de los personajes se hacía extraño. Pero
todo eso les daba igual. Estaban embelesados. Cuando salía una mujer extranjera atractiva silbaban o re-

soplaban como cerdos. A veces, el narrador se enfadaba y dejaba de hablar.

La película occidental era estadounidense y trataba del desarrollo del Oeste. Salían hombres atacados por los salvajes, abrumados por la crueldad de la naturaleza, pero que se crecían ante la adversidad y conseguían avanzar, paso a paso, en la construcción del ferrocarril. Se creaban nuevas ciudades, casi de la noche a la mañana, casi al mismo ritmo que colocaban las traviesas del ferrocarril. A medida que este avanzaba, nacían nuevas poblaciones hacia el oeste.

Todos esos esfuerzos y penurias se entrelazaban con la historia de amor entre un peón y la hija del director, a ratos era su historia la que estaba en primer plano y a ratos eran los otros los que tomaban protagonismo. En la última escena, el narrador alzó la voz:

—Gracias a los incontables sacrificios de esos hombres jóvenes, se completaron los cientos de millas de ferrocarril que unieron valles y montañas, con lo que se transformaron en riqueza nacional tierras hasta entonces salvajes.

En el final de la película se veía a la hija del director y al peón, convertido en un caballero como por arte de magia, fundiéndose en un abrazo.

Entre esta película y la siguiente había un corto occidental disparatado que hizo que todos se rieran estruendosamente.

La película japonesa mostraba a un pobre hombre que había comenzado vendiendo soja fermentada y luego periódicos vespertinos. Con el tiempo, el hombre progresó hasta llegar a limpiabotas, después entró en una factoría donde fue un trabajador modélico y progresó hasta convertirse en un gran potentado. El narrador dijo que, aunque no se decía en los rótulos, la película reflejaba que «trabajar industriosamente es la madre del éxito». Los jóvenes obreros aplaudieron con vehemencia. Pero, de entre los pescadores y los marineros, uno levantó la voz:

—Vaya sarta de mentiras. Si fuera cierto, yo ya sería presidente de una gran compañía.

Todos respondieron con grandes risas.

Luego, el narrador les explicó que la empresa le había ordenado que pusiera especial énfasis en la historia del obrero y repitiera algunas partes.

Finalmente, proyectaron una película en la que se veían diversas factorías y oficinas de la empresa. En ella aparecían muchos hombres trabajando «industriosamente».

Cuando terminaron las películas, tomaron sake para celebrar la lata número diez mil.

Como hacía mucho tiempo que no bebían y estaban agotados, se emborracharon rápidamente. Bajo las lúgubres bombillas se formaron densas nubes de humo de tabaco. El aire era espeso y estaba viciado. Los trabajadores tenían el torso desnudo y las toallas anudadas sobre la frente, estaban sentados con las piernas cruzadas y se levantaban los faldones del kimono mostrando el culo. Se gritaban por cualquier cosa e incluso, a veces, se peleaban.

Así siguió la juerga hasta pasadas las doce.

A un pescador de Hakodate con beriberi, que siempre estaba durmiendo, le subieron un poco la almohada para que observara la escena. Un amigo pescador, de la misma ciudad, estaba junto a una columna limpiándose sin disimulo los restos de calamar seco entre los dientes con una cerilla.

Más tarde, un pescador cayó rodando por las escaleras de la letrina como un saco de patatas.

Tenía la mano derecha y la ropa manchadas de sangre.

—¡Un cuchillo, un cuchillo, dadme un cuchillo! —gritó al entrar en la estancia—. ¿Dónde ha ido el cerdo de Asakawa? No está ahí. Lo voy a matar.

Era uno de los pescadores a los que el patrón había apaleado. Cogió el atizador de la estufa y salió como un loco. Nadie lo detuvo.

—¡Oye! —dijo el de Hakodate levantando la vista hacia su amigo—. Fíjate, los pescadores no son tan tontos como para dejarse pegar siempre. ¡Esto se pone interesante!

A la mañana siguiente, descubrieron que la ventana del patrón y todo lo que había sobre su mesa estaba destrozado. El patrón había tenido suerte porque estaba en otra parte. Por eso no lo habían destrozado a él.

VI

Había nubes finas, de lluvia. Había estado lloviendo hasta el día anterior y ahora empezaba a amainar. Las gotas, del color de las nubes, caían de vez en cuando en el mar de idéntico color y formaban armoniosas ondas concéntricas.

Pasado el mediodía, llegó un destructor. Los pescadores, obreros y tripulantes que tenían las manos libres se agarraron a la barandilla de cubierta y se pusieron a hablar sobre el buque. Era algo que les despertaba mucha curiosidad.

Del destructor arriaron un bote en el que un grupo de oficiales se dirigió hacia el barco. Debajo de la escalerilla, que habían colocado inclinada, les esperaban el capitán, el representante de la factoría, el patrón y el capataz de los obreros. Cuando el bote estuvo al lado, hicieron el saludo militar y subieron con el capitán al frente. El patrón miró hacia arriba, hacia los hombres que contemplaban la escena, frunció el ceño y torció la boca. Luego agitó la mano y dijo:

—¿Qué miráis? ¡Marchaos, marchaos!

—¡Será altivo, el muy canalla! —Se pusieron en marcha empujándose unos a otros para bajar a la factoría. Persistía un olor apestoso a pescado crudo.

—¡Qué mal huele! —dijo un joven oficial de cuidado bigote mientras hacía una mueca de desprecio.

El patrón se puso al frente, murmuró algo e hizo varias reverencias.

Desde lejos todos contemplaban a los militares cuyos adornados sables cortos rebotaban y les golpeaban el trasero cuando caminaban. Discutieron muy en serio sobre cuál de los soldados era el más importante y, al final, casi llegaron a las manos.

—Da vergüenza ver a Asakawa haciendo esas cosas, ¿verdad? —dijo uno, e imitó al patrón haciendo reverencias.

Todos se echaron a reír.

Aquel día, el patrón y el capataz de los obreros no estaban, así que pudieron trabajar a sus anchas. Cantaban y hablaban en voz alta detrás de las máquinas. «¿No sería fantástico que nos dejaran trabajar siempre así?», se decían.

Cuando terminaron la jornada, todos subieron a la cubierta superior. Al pasar por delante de la cámara de cubierta, oyeron que los de dentro estaban borrachos y gritaban sin ningún recato.

Salió el camarero. El salón estaba lleno de humo de tabaco. El chico tenía la cara enrojecida y estaba bañado en sudor. Con ambas manos sostenía muchas botellas de cerveza vacías. Con la barbilla señaló hacia el bolsillo de sus pantalones y dijo:

—La cara, por favor.

Un pescador le sacó un pañuelo y se lo pasó por la cara, miró hacia el salón y dijo:

—¿Qué hacen?

—Pues es tremendo. Están borrachos y hablan de que si el eso de las mujeres esto y lo otro... Y así me han hecho ir y venir corriendo unas cien veces. Cuando vienen los del Ministerio de Agricultura se emborrachan tanto que se caen por la escalerilla.

—¿Para qué coño vienen?

El camarero puso cara de no saberlo y se apresuró hacia la cocina.

La comida de los pescadores consistía en un arroz chino que no se podía coger con palillos y una sopa de miso muy salada con cosas que flotaban que parecían recortes de papel.

—Han llevado comidas occidentales al salón sin parar que yo no he comido ni visto en mi vida.

—¡Que se coman una mierda!

En la pared de al lado de la mesa había un cartel escrito con caracteres torpes:

1. No hay que escuchar a los que hablan mal de la comida. Quien se queja de la comida nunca tendrá éxito en la vida.
2. Cada grano de arroz es importante. Es la fuente de la sangre y del sudor.

3. Hay que soportar las privaciones y las dificultades.

En la parte blanca de abajo, alguien había hecho un dibujo obsceno como los que se ven en los retretes públicos.

Cuando terminaron de comer, se congregaron alrededor de la estufa para aprovechar los instantes que les quedaban. De la presencia del destructor habían pasado a hablar del servicio militar. Entre los pescadores había muchos campesinos de Akita, Aomori e Iwate que, sin saber por qué, se emocionaban al hablar de la milicia. Muchos habían servido en el ejército. Las numerosas crueldades que habían sufrido se convertían ahora en historias que los llenaban de nostalgia.

Cuando ya estaban todos durmiendo, de golpe, oyeron los gritos que, desde el salón, se filtraban a través de la madera de la cubierta y por los lados. Abrieron los ojos y alguien dijo: «Todavía no han terminado». Se les iba a hacer de día. Se oía el sonido de las pisadas de alguien (posiblemente, el camarero), que iba y venía por la cubierta. Lo cierto es que la algarabía siguió hasta la madrugada.

Al parecer, los oficiales habían vuelto al destructor, y habían dejado la escalerilla bajada. En cada escalón quedaban granos de arroz, carne de cangrejo y, en cinco o seis, había restos de vómitos que desprendían un fuerte olor a alcohol podrido que resultaba nauseabundo.

El destructor, que se balanceaba de forma casi imperceptible, flotaba como un albatros con las alas cerradas. Su casco entero parecía dormido. De su chimenea salía, hacia un cielo sin viento, una columna de humo tan fina como la de un cigarrillo. Parecía un hilo de lana.

Al mediodía, el patrón, el capataz de los obreros y los otros todavía no se habían levantado.

«¡Serán señoritos! ¡Hacen lo que les da la gana!», se quejaban los hombres mientras se deslomaban trabajando.

Al lado de la cocina había un montón de botellas de cerveza y latas de cangrejo tiradas de cualquier manera. Viéndolas de día, incluso el camarero que las había servido se sorprendía de que hubieran comido y bebido tanto.

Por su trabajo, el camarero conocía perfectamente la vida desvergonzada que llevaban el capitán, el patrón y el representante de la factoría. Sabía que contrastaba amargamente con la de los pescadores y los obreros. Y también sabía otra cosa de la vida de los pescadores y los obreros, y era que el patrón, cuando se emborrachaba, se refería a ellos como «cerdos». Desde su posición neutral como camarero, veía que los de arriba conspiraban para conseguir más beneficios mientras pescadores y marineros caían en sus redes. No era algo que le gustase. De hecho, estaba convencido de que sería mucho mejor para él no saber nada. Tarde o temprano, era inevitable que sucediera algo y sentía una premonición sobre lo que iba a ser.

Eran cerca de las dos. El capitán, el patrón y los otros, con la ropa arrugada y descuidada, dieron unas latas a dos marineros para que las llevaran y se fueron con ellos en una lancha al destructor. En la cubierta, los pescadores y los obreros que estaban pescando cangrejos se quedaron mirando aquello sin dejar de trabajar, como si vieran a una novia desfilando hacia el altar.

—Pero ¿qué demonios hacen? ¡No hay quien los entienda!

—Se comen las latas que preparamos nosotros desperdiciando la mitad del cangrejo. Les dan tan poco valor como al papel higiénico.

—Pero están aquí expresamente para protegernos... —dijo un pescador de mediana edad al que le faltaban tres dedos de la mano izquierda.

Aquella tarde, repentinamente, empezó a salir humo de la chimenea del destructor. En cubierta parecían muy ajetreados, los marineros iban y venían. Y unos treinta minutos más tarde, el barco se puso en movimiento. Oían el ruido de la bandera de popa ondeando al viento. En el conservero, a la voz del capitán, gritaron *«¡Banzai!»*.

Después de la cena, el camarero bajó a la letrina. Todos estaban sentados hablando alrededor de la estufa. También había alguno despiojando una camiseta bajo una bombilla de luz tenue. Al pasar delante de esa luz, una gran sombra se proyectaba en diagonal sobre la pared sucia de enfrente.

—He oído una conversación entre los oficiales, el capitán y el patrón: parece que vamos a entrar en terri-

torio ruso a hurtadillas para pescar. Por eso el destructor no se apartará de nuestro lado, para vigilar; parece
ser que les dan mucho de esto —dijo, uniendo el pulgar y el índice e imitando la forma de una moneda—.
Según dicen todos, esta parte de Kamchatka de la que
el dinero sale como a chorros, el norte de Karafuto y
toda la zona que los rodea se la irá quedando poco a
poco Japón. Dicen que no solo importan China y
Manchuria, sino también esto de aquí. Y, además, parece que esta empresa y la Mitsubishi se han unido y
han convencido al Gobierno y que, cuando el presidente de esta empresa llegue al parlamento, todo se
hará más rápido. Por eso, dicen que envían al destructor para protegernos, pero está claro que el objetivo no
es solo ese. Hacen mediciones detalladas y comprueban el clima en estos mares, en el norte de Karafuto, y
hasta en las proximidades de Chishima.* Todo para
prepararse por si pasa «algo». Supongo que es un secreto, pero, al parecer, ya están transportando cañones y
petróleo a la isla que está en el extremo de Chishima.
Lo que más me sorprendió la primera vez que lo oí fue
que todas las guerras en las que ha participado Japón,
si lo piensas bien, se han producido por indicaciones
de dos o tres hombres ricos (pero que muy ricos). Lo
mires como lo mires, están conspirando para quedarse
los territorios donde hay expectativas de ganancia. ¡Es
un peligro!

* Grupo de islas que incluye el archipiélago de la Kuriles, en aquellos
momentos bajo soberanía japonesa.

VII

Bajaron un bote con el torno, arrancándole un sonido que parecía decir «gara-gara». Justo debajo había unos cuatro hombres. Como el pescante era corto, tenían que apartar el bote de la cubierta empujándolo para que cayera al mar. A menudo se producían situaciones peligrosas. Los tornos de aquella cáscara de nuez renqueaban como las rodillas de los enfermos de beriberi. Debido al mal estado de las poleas, uno de los cables no corría bien. A veces, los botes se quedaban inclinados, colgados igual que arenques ahumados. Desprevenidos, los pescadores que estaban debajo resultaban heridos. Eso es lo que sucedió aquella mañana.

—¡Cuidado! —gritó alguien.

Al pescador que estaba debajo del bote lo golpeó justo sobre la cabeza y le aplastó el cuello. Fue como si se le hundiera la cabeza en el pecho.

Lo llevaron a la enfermería, para que lo examinara el médico del barco. Entre ellos, todos aquellos que cuando pensaban en el patrón decían «¡Mierda!», habían decidido pedirle al doctor que les extendiera un certificado. Seguro que el patrón, que era como una serpiente enfundada en una piel humana, escupiría pegas extravagantes para librarse de la responsabilidad del accidente. Por eso, para poder protestar, necesitarían un certificado médico. Además, el médico sentía una cierta compasión por los pescadores y los marineros. «En este barco, más que enfermos por trabajo, hay muchas más lesiones a causa de los golpes», había dicho indignado.

Su obligación era tenerlos a todos registrados en un diario, uno a uno, por si luego podía servir como prueba. Así que trataba de forma relativamente considerada a los pescadores, marineros y otros lesionados o enfermos.

—Quisiéramos que le extendiera un certificado... —dijo uno.

El médico pareció sorprendido.

—Así que un certificado...

—Si pudiera escribir lo que ve...

Se los veía nerviosos.

—En este barco está establecido que eso no se hace. No me dejan. Parece que así lo decidieron arbitrariamente. Porque luego...

—¡Tse! —se le escapó un chasqueo de la lengua al irascible pescador tartamudo.

—El otro día vino un pescador que se había quedado sordo tras un golpe de Asakawa. Le extendí inocentemente un certificado y después no sabéis la que se armó. Eso es una prueba para siempre, así que a Asakawa eso...

Fueron saliendo de la sala del médico diciéndose que, después de todo, el médico no era uno de «los nuestros».

El pescador, inexplicablemente, salvó la vida. Sin embargo, los demás tuvieron que soportar durante días sus gemidos de dolor. Muchas veces, incluso a plena luz del día, tropezaba con algo, se caía y se quedaba tirado en el suelo sin poder moverse.

Cuando aquel hombre ya se estaba curando y sus lamentos no les perturbaban, murió otro pescador por causa del beriberi. Tenía veintisiete años. Había llegado allí por un intermediario de Nippori, Tokio, y formaba parte de un grupo de unos diez hombres.

El patrón dijo que el «velatorio» perjudicaría el trabajo del día siguiente, así que solo permitió que asistieran los enfermos que no podían trabajar. Cuando le quitaron la ropa al muerto para lavarle el cuerpo con agua caliente, notaron que desprendía un fuerte hedor y vieron que estaba infestado de unos asquerosos piojos blancos y chatos. La porquería le cubría la piel como una capa continua de escamas y el cadáver parecía un tronco de pino caído. Las costillas le sobresalían bajo el pecho. Cuando se agravó el beriberi que padecía, perdió la capacidad de andar sin ayuda, así que se había orinado encima. El taparrabos y la camiseta habían adquirido un color rojo oscuro y, cuando los cogieron, parecía que fueran a deshacerse como si los hubieran impregnado de ácido sulfúrico. En el hueco del ombligo había tanta mugre y suciedad que ya ni se veía. Alrededor del ano tenía excrementos secos y pegados como si fueran arcilla.

«No quiero morir en Kamchatka», había dicho, al parecer, antes de morir, aunque probablemente en sus últimos momentos no había nadie velando a su lado. En Kamchatka todo era tan difícil que hasta parecía imposible morirse en paz. Los pescadores pensaban en lo que habría sentido en aquellos momentos, y algunos sollozaron en voz alta.

Cuando uno fue a buscar el agua caliente para lavar el cuerpo, el cocinero dijo: «Pobre hombre; llévate mucha, que estará muy sucio». Mientras la acarreaba, se encontró con el patrón.

—¿Adónde vas?

—A lavar el cuerpo —dijo.

—No gastéis más de la cuenta —respondió, y siguió adelante, aunque daba la impresión de querer decir algo más.

Cuando regresó, el pescador dijo a los demás:

—¡Nunca había tenido tantas ganas como en este momento de arrojarle a ese, de repente, toda el agua caliente por la cabeza!

Estaba tan furioso que le temblaba todo el cuerpo.

El patrón, pesado, se acercó para ver qué hacían. Habían decidido celebrar el velatorio entre todos, aunque al día siguiente se quedaran dormidos, aunque estuvieran soñolientos en el trabajo o tuvieran que escaquearse. Estaba decidido.

Hacia las ocho, cuando terminaron los preparativos, encendieron el incienso y las velas y se sentaron todos frente al cuerpo. Finalmente, el patrón no asistió. Por su parte, el capitán y el médico estuvieron una hora. Un pescador que recordaba a duras penas unos *sutra** recibió el aliento y la gratitud de sus compañeros por recitarlos: «Así está bien, así está bien, la intención es lo que cuenta». Entre *sutra* y *sutra* guardaban silencio. Alguien se sorbía los mocos. Conforme se acercaba el fin de la ceremonia, el número de los que sollozaban iba en aumento. Cuando terminaron los *sutra*, varios hicieron ofrendas de incienso. Entonces se sentaron más relajadamente y se pusieron por grupos. Hablaban de la muerte de su compañero, del hecho de que ellos estuvieran vivos, aunque, bien pensado, estaban vivos pero en constante peligro. Cuando se fueron el capitán y el médico, el pescador tartamudo se apartó de la mesa donde estaban el incienso y las velas.

—Yo no me sé los *sutra*. No puedo leer los *sutra* y consolar al espíritu de Yamada. Pero he estado pensando y quiero decir esto: ¡Con qué fuerza se resistía a morir Yamada! O, en verdad, con qué fuerza se resistía a que lo mataran. Es innegable que a Yamada lo mataron. —Los que escuchaban se quedaron callados, como si se estuvieran conteniendo—. Pues ¿quién lo ha matado? ¡Aunque no lo digamos, lo sabemos! Yo no puedo consolar al espíritu de Yamada con los *sutra*, pero nosotros podemos vengarnos de quien ha matado a

* Texto con enseñanzas budistas que se recita en las ceremonias.

Yamada y... y así consolar a Yamada. Creo que eso es lo que ahora, en este momento, tenemos que prometerle al espíritu de Yamada.

Los marineros fueron los primeros en responder al unísono: «Así es».

El incienso convertía en perfume el olor apestoso de los cangrejos y de los hombres en la letrina. Estaban agotados, así que algunos se habían quedado dormidos como un saco lleno de piedras y les costó mucho levantarse. Al cabo de un rato, uno tras otro, algunos pescadores también se quedaron dormidos. Se levantaron las olas. El fuego de las velas se atenuaba meciéndose al ritmo del barco y luego se volvía a avivar.

El paño de algodón blanco que habían puesto sobre la cara del cadáver se movía y parecía que iba a caerse. La escena producía un terror estremecedor. En el costado del barco, chocaban las olas.

A la mañana siguiente, pasadas las ocho, después de terminar una tarea, los cuatro marineros y pescadores enfermos que había escogido el patrón bajaron a buscar el cuerpo. El pescador que la noche antes había recitado los *sutra* lo hizo de nuevo y después, entre los tres o cuatro enfermos, pusieron el cadáver en un saco de lino usado. Había muchos sacos nuevos, pero el patrón insistió en que era un lujo usar uno nuevo para tirarlo enseguida al mar. En cuanto al incienso, en el barco ya no quedaba.

—Pobre. Seguro que no quería morirse así.

Mientras le colocaba los brazos, que estaban tan rígidos que no se podían torcer, derramó algunas lágrimas sobre el saco de lino.

—No puede ser, no puede ser. Si le echas lágrimas...

—¿Y no será posible llevarlo hasta Hakodate? Eh, mira, seguro que con esa cara está diciendo que no quiere sumergirse en estas gélidas aguas de Kamchatka. No está bien tirarlo al mar.

—El mar es el mar, pero esto es Kamchatka. En invierno, pasado septiembre, no hay ni un solo barco, es un mar que se congela. ¡En el extremo más remoto del norte!

—Sí, sí —lloraban.

—Y, además, para ponerlo en el saco solo somos seis o siete hombres, ¡y eso que hay trescientos o cuatrocientos!

—Incluso después de muertos, nosotros solo encontramos infortunio...

Todos pidieron que les concedieran al menos medio día de permiso, pero, desde el día anterior, la cantidad de cangrejos pendiente de procesar era tan grande que no se lo podían permitir. «No confundáis el trabajo con la vida privada», dijo el patrón. Desde el techo de la letrina asomó la cara y dijo: «¿Venís o no?». Y ellos no tuvieron otra opción que decir: «Vamos». Entonces él dijo: «¡Pues venga, traedlo!».

—Pero antes de eso, el capitán debe pronunciar un discurso fúnebre.

—¿El *capitán?* ¿Un *discursooo?* —dijo el patrón, ridiculizándolo—. ¡Imbécil! No tenemos tiempo para tomarnos las cosas con esa pachorra.

Era cierto. Porque los cangrejos estaban apilados en la cubierta, golpeando el suelo con las pinzas.

Al final, lo sacaron y lo embarcaron en la motora que estaba en popa como si fuera una trucha o un salmón envuelto en un paquete de estera.

—¿*Vaaleee?*

—*Ahooora…*

La motora empezó a traquetear, el agua que removía al navegar dejaba un reguero de espuma.

—Bueno…

—Bueno.

—Adiós.

—Estarás muy solo ahí fuera, trata de resistirlo — dijo uno en voz baja.

—Bueno. Por favor, tratadlo bien… —les dijeron desde el barco a los que iban en la motora.

—Sí, vale.

La motora se alejó en alta mar.

—¡Bueno, pues…!

—Se ha marchado.

—Seguro que dentro del saco de lino está negando con la cabeza, diciendo que no quiere ir… Es como si lo viera.

Los pescadores regresaron a sus faenas y les contaron a los demás la actitud egoísta del patrón. Cuando se enteraron, más que enojarse, se sintieron como si fuera su propio cuerpo, convertido en cadáver, el que se habían llevado y ahora se hundía en las oscuras profundidades del mar de Kamchatka. Sin decir nada, todos se fueron hacia abajo, uno tras otro, por la escalerilla. «Entendido. Mensaje recibido», decían para sí mientras se quitaban las chaquetas de algodón, pesadas por el agua salada.

VIII

Ninguno mostraba sus sentimientos. Procurando que nadie lo notara, trabajaban ocultando su rabia. Por mucho que el patrón gritara con todas sus fuerzas, por mucho que no parara de pegarles cuando pasaba junto a ellos, no contestaban y se mantenían tranquilos. Así lo hacían, un día tras otro. Al principio, tuvieron miedo, pero, a pesar de ello, siguieron ralentizando el trabajo. Desde el funeral en el mar, sus movimientos se habían hecho más lentos y la producción disminuía de forma evidente.

Aunque los pescadores de mediana edad eran los que más sufrían la dureza del trabajo, sus caras evidenciaban su disconformidad con los que trabajaban menos. Pero, curiosamente, cuando vieron que el escaqueo daba resultado y no traía las funestas consecuencias que habían temido, adoptaron la misma actitud que los pescadores jóvenes.

Los que estaban en un aprieto eran los patrones de los botes. La responsabilidad de las barcas recaía completamente en ellos, respondían frente al patrón del resto de los pescadores y este les reclamaba la captura. Eso era lo más duro. Finalmente, no les quedaba más remedio: colaboraban con los pescadores solo en un tercio, pues en los otros dos tercios pertenecían al patrón. Eran sus peones particulares.

—Esto es muy cansado. No es como en la factoría, donde se puede pautar el trabajo. Delante hay un ser vivo. Los cangrejos no nos hacen el favor de salir con la frecuencia que a los señores humanos nos va bien. ¡Qué se le va a hacer! —decía uno, como si fuera un disco con la voz del patrón.

Un día, en la letrina, corrió una historia de boca en boca de manera inesperada. En algún momento, uno de los patrones de los botes soltó una fanfarronada. Bueno, en realidad no fue una fanfarronada, pero uno de los pescadores «normales» se lo tomó mal. Y es que ese pescador estaba un poco borracho.

—¿Qué dices? —gritó—. Pero ¿tú de qué vas? ¡No me seas chulo, canalla! En cuanto salgamos a faenar, a cuatro o cinco de nosotros no nos duras ni un minuto. ¡Nada más que eso! Estamos en Kamchatka. ¿Quién va a saber cómo te has muerto?

Hasta entonces nadie había dicho nada parecido. Se le escapó, gritando con voz ronca. Nadie dijo nada. La conversación quedó zanjada.

Pero la historia no se limitó a aquel arrebato. Una gran fuerza repentina e inesperada impulsaba a los pescadores, que hasta ahora solo habían conocido la sumisión. Esa energía los había desconcertado al principio, pero ahora los poseía. Era su propia fuerza, aunque todavía no eran conscientes de ello.

«¿Podríamos hacer eso nosotros?», se preguntaban. Y, efectivamente, podían.

Cuando se dieron cuenta, su situación no les pareció tan horrible. El sentimiento de rebeldía penetró en sus corazones. El hecho de que hasta ese momento los hubieran exprimido en aquel trabajo tan cruel se había convertido en la mejor de las motivaciones. Llegados a ese punto, el patrón era simplemente «una mierda». Estaban todos alegres, animados por su recién descubierto sentimiento de rebelión y, de pronto, la vida que llevaban se les reveló con lucidez, igual que si fueran gusanos y los apuntaran con una linterna.

«¡No me seas chulo, canalla!» fue una expresión que se hizo popular entre todos. Cuando alguien hacía algo, decían: «¡No me seas chulo, canalla!». Lo decían en cualquier momento, aunque no viniera a cuento. Entre los pescadores no había ni un solo fanfarrón.

Se dieron situaciones parecidas en más de una ocasión. Así es como los pescadores empezaron a comprender su poder. Y así, acumulando esas experiencias, fueron escogiendo a los tres o cuatro que siempre se pondrían al frente de los demás. Fue un acuerdo tácito. De modo que cuando pasaba algo o tenían una tarea, la opinión de esos tres o cuatro se convertía en la opinión de todos y juntos actuaban al unísono. Dos salieron de entre los exestudiantes, otro era el pescador tartamudo, y el cuarto era el pescador que había dicho: «No me seas chulo».

Uno de los estudiantes se pasó toda la noche tumbado boca abajo lamiendo la punta de un lápiz y escribiendo algo en un papel.

Era el plan que iba a proponer:

Plan (organigrama de los responsables)

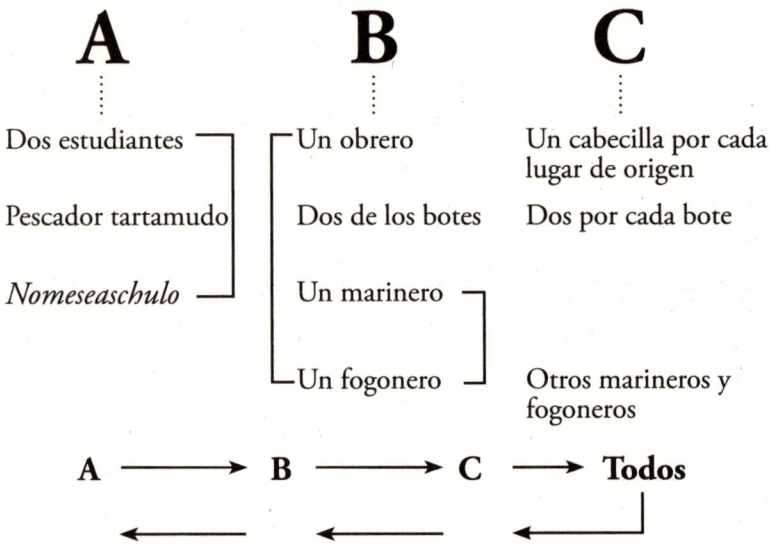

—¿Qué te parece? —dijo el estudiante—. Así todos pueden ver el problema en su conjunto, sin error posible. Qué pasa con A y qué con C, y más rápido que la electricidad —dijo fanfarroneando.

Y así, aprobaron el plan sumariamente. Luego, en el mundo real, las cosas no fueron tan simples.

—¡Los que no quieran que los maten, que se unan a nosotros! —exclamó el estudiante, que era hábil con la propaganda.

Usó la historia en la que Mori Motonari rompía la flecha,* y la imagen de una competición de estirar de la cuerda que había visto en un póster del Ministerio del Interior que también ilustraba la importancia de trabajar juntos.

—Si somos cuatro o cinco, un solo patrón de bote no nos dura ni un minuto para tirarlo al mar. Vamos a echarle ganas. Uno contra uno no puede ser. Es demasiado peligroso. Pero ellos, metan al capitán o no importa a cuántos más, no llegarán ni a diez. En cambio, nosotros somos cerca de cuatrocientos. Cuatrocientos hombres juntos son invencibles. ¡Diez contra cuatrocientos! Imaginad que es un combate de sumo. —Y al final añadió—: Quien no quiera que lo maten, que se una a nosotros.

Hasta el más tonto o el más borracho de todos había entendido que la vida que llevaban ya era como si los hubieran matado a medias (en verdad, hasta habían visto cómo a algunos compañeros los mataban del todo), y habían comprobado que combatir el sufrimiento trabajando más lentamente era un truco que funcionaba razonablemente bien, así que ahora hacían

---

* Mori Motonari (1497-1571), señor feudal japonés. Se dice que convocó a sus tres hijos y les pidió que cada uno partiera una flecha, lo que hicieron fácilmente. Luego puso tres flechas juntas y les pidió que lo volvieran a intentar para demostrarles la fuerza de la unión.

caso de lo que decían el exestudiante y el pescador tartamudo.

Durante la gran tormenta de la semana anterior, una motora se había quedado sin hélice. El capataz de los obreros había bajado a tierra junto a cuatro o cinco pescadores. Cuando regresó, un pescador joven trajo a escondidas muchos panfletos y octavillas de propaganda roja impresa en japonés. «Hay muchos japoneses que están haciendo lo mismo», dijo.

Los panfletos hablaban de la paga de los trabajadores, de la jornada de trabajo, de los enormes beneficios de las empresas y de las huelgas, por lo que todos se mostraron muy interesados, se los leían unos a otros y se hacían preguntas. Algunos no estaban de acuerdo, pues no podían creer que compatriotas japoneses fueran capaces de cosas tan horrorosas. Por otra parte, también había pescadores que iban al exestudiante y le decían: «Yo creo que esto es cierto».

—Sí, es cierto. Un poco exagerado, pero…

—Si no hacemos algo así, a Asakawa no le cambiaremos el carácter —dijo uno, riéndose—. Y, además, esos nos tratan mucho peor. ¡Está claro lo que hay que hacer!

Hasta los pescadores que desaprobaban lo que decía la propaganda empezaron a sentir curiosidad por las «campañas rojas».

Cuando la niebla aumentaba, se hacía sonar la alarma sin cesar para avisar a los botes, igual que cuando había tormenta. El sonido grave y grueso de la alarma, como el bramido de un toro, se oía durante una o dos horas en medio de una niebla espesa como el agua. Pero, aun así, había botes que no lograban volver. Y algunos aprovechaban la ocasión para fingir que se habían perdido y se dejaban arrastrar por las corrientes hasta Kamchatka.

Eran cosas que pasaban de vez en cuando, en secreto. Desde que habían empezado a entrar en aguas rusas para pescar, habían comprobado que orientarse hacia tierra firme y dejarse llevar a la deriva era más fácil de lo que pensaban. Y, entre los que lo hacían, siempre había muchos dispuestos a «hacerse rojos».

Las empresas escogían con extremo cuidado a los pescadores. En los lugares de reclutamiento, contaban con los alcaldes y los jefes de policía para seleccionar a los «jóvenes modélicos». Elegían a los trabajadores que no sentían simpatía por los sindicatos y que eran obedientes. «¡Con astucia, todo para nuestro interés!». Pero, al fin y al cabo, el trabajo en el buque factoría había logrado justo lo contrario: los trabajadores se habían agrupado y estaban a punto de organizarse. Hasta el capitalista más astuto no habría podido imaginar que las cosas sucederían de ese extraño modo. Irónicamente, les habían hecho el favor a aquellos trabajadores desorganizados, borrachos e inútiles, de enseñarles a agruparse y organizarse.

IX

El patrón se puso muy nervioso.

La temporada de pesca estaba a punto de terminar y, en comparación con otros años, la cantidad de cangrejos capturados era ostensiblemente inferior. Preguntó sobre la situación en otros barcos y, al parecer, la tendencia general no era esa. Llevaban, como mínimo, dos mil cajas de retraso. El patrón pensó que no podía seguir «haciendo de buda compasivo» como hasta entonces.

Decidió cambiar el barco de posición. Obligaba a escuchar a escondidas las transmisiones por radio de otros barcos e incluso les robaba las redes. Ordenó que se desplazasen unas veinte millas al sur y en la primera red que cogieron había una gran cantidad de cangrejos atrapados por las patas. Sin duda, pertenecían a otro pesquero de la flota.

—Buen trabajo —le dijo el patrón al radiotelegrafista dándole palmaditas en la espalda de forma inusual en él.

A veces, la motora regresaba huyendo después de que la hubieran sorprendido robando una red. Desde que no se limitaban a coger sus propias redes, sino que también se llevaban las de los demás barcos, en poco tiempo el trabajo aumentó de forma considerable.

Un papel grande con este aviso se colgó en la entrada a la factoría:

Si veo a alguno que holgazanee, aunque sea solo un poco, lo marco a hierro. Al grupo que holgazanee, le haré hacer la gimnasia de Kamchatka. Como multa, les suprimiré la paga, y cuando regresemos los entregaré a la policía. Al que se oponga lo más mínimo al jefe, lo fusilarán.

ASAKAWA,
superintendente

El patrón siempre llevaba encima una pistola cargada. A veces, sin motivo alguno, mientras todos trabajaban, disparaba a una gaviota o a alguna parte del barco porque sí, como «medida disuasoria». Miraba a los sorprendidos pescadores y sonreía satisfecho. De ese modo, todos quedaban macabramente avisados de que, si pasaba algo, les dispararía a ellos.

También movilizó a todos los marineros y fogoneros. Los manejaba a capricho. Sobre eso, el capitán no pudo decir nada porque era un mero figurante cuya única labor consistía en que hubiera alguien con el título de capitán. Eso había quedado demostrado como consecuencia de un episodio anterior: el patrón había exigido al capitán que llevara su barco a aguas territoriales rusas. Él le había dicho que no podía hacerlo.

—¡Cómo que no puedes! ¡No te lo estoy pidiendo! —dijo, y el patrón y los suyos llevaron ellos mismos el barco a las pesquerías que estaban en aguas rusas.

Sin embargo, una patrullera rusa los descubrió y les dio el alto. Los rusos interrogaron al patrón, que se limitó a balbucear y retirarse como un cobarde. «El capitán es quien tiene que responder en lo relativo a la navegación», dijo de manera forzada.

Así pues, era absolutamente necesario tener a alguien con el título de capitán. Pero no era más que una marioneta.

A raíz de aquel incidente, el capitán pensó varias veces en devolver el barco a Hakodate. Pero ahí la fuerza de los capitalistas para que no lo hiciera lo tenía atrapado.

—¡Este barco pertenece por completo a la empresa! ¿Lo entiendes? —se reía el patrón sin reprimirse, a carcajadas, con la boca torcida y creciéndose ante el capitán.

Cuando volvieron a la letrina, el pescador tartamudo se retorcía tumbado boca arriba. Daba lástima verlo; sufría mucho. Los pescadores sentían pena por él y por el estudiante, pero, como cada día, los habían machacado hasta tal punto que no se atrevían a hacer nada. El organigrama trazado por el estudiante se había quedado en papel mojado. A pesar de ello, el joven estaba bastante animado.

—Cuando pase algo, nos alzaremos. Solo hay que saber aprovechar bien ese algo —dijo.

—Pero ¿podremos levantarnos? —preguntó el pescador *Nomeseaschulo.*

—¿Que si podremos? Tonto, nosotros somos más. No tenemos que temerlos. Y, cuanto más se pasen ellos, más nos iremos cargando; nuestro descontento y nuestras preocupaciones aún no han aflorado, pero se acumulan en nuestros corazones y acabarán por estallar como la pólvora. Yo confío en ello.

—Estaría bien que estuviéramos preparados —dijo *Nomeseaschulo* inspeccionando la letrina—. ¿Tú crees que todos estos lo están? —añadió quejumbroso.

—Si empezamos a dudar de nosotros, es el fin.

—Ten cuidado. Si tú provocas un nuevo incidente, te juegas la vida.

El estudiante, con gesto sombrío, dijo:

—Lo sé.

El patrón, acompañado por un subordinado, patrulló tres veces esa noche por la letrina. Cuando encontraba a tres o cuatro hombres juntos, se ponía a gritar. Pero ni así remitió su inquietud, de modo que ordenó a sus subordinados que durmieran allí para controlar a los hombres. Las cadenas existían aunque no se vieran. Los pies les pesaban cuando andaban como si en verdad los retuvieran desde atrás con una cadena de una pulgada de grosor.

—A mí seguro que me matan.

—Sí, pero si al menos supiéramos cuándo nos van a matar, ese es el momento…

El pescador de Shibaura gritó «¡Tonto!» desde al lado.

—¿Cómo que si al menos supiéramos cuándo nos van a matar? ¡Tonto! ¿Y cuándo va a ser eso? ¿Acaso no te están matando ya? Poco a poco. Esos lo hacen muy bien. Ahora lleva la pistola siempre cargada a punto para disparar, pero no cometerá un error. Esa es su treta. ¿Lo entiendes? Si nos matan, peor para ellos. Su objetivo, su verdadero objetivo, es hacernos trabajar al máximo, exprimirnos y sacarnos el jugo tanto como puedan para obtener ganancias enormes. Nos lo están haciendo cada día. ¿Qué te parece eso? Como una hoja de morera que se van comiendo los gusanos de seda, nos están matando.

—Sí, es verdad.

—¡Ni verdad ni mierda! —dijo, haciendo rodar en sus gruesas manos una colilla de cigarro—. Bueno, que se esperen, ahora verán, ¡mierda!

Como habían ido muy hacia el sur, solo pescaban cangrejos hembra demasiado pequeños, así que decidieron moverse en dirección norte. Y por eso les habían impuesto más turnos de horas extra.

Todos bajaron a la letrina.

—No tienes fuerza —dijo Shibaura.

—Mira mi pie. Ya solo puedo bajar los escalones cojeando.

—¡Pobre! Pero aun así te esfuerzas por trabajar, ¿no?

—¿Y? ¿Qué quieres que haga?

—Aunque te maten, dirás: «¿Qué quieres que haga?» —replicó Shibaura riéndose.

El otro gruñó.

—Bueno, si sigues así, te doy cuatro o cinco días —añadió Shibaura, aplaudiendo.

El otro hizo una mueca de desagrado entrecerrando un ojo y contrayendo una de sus entumecidas y amarillentas mejillas. En silencio, se fue hacia su litera, dejó las piernas colgando y se puso a golpearse bajo la rodilla. En una de las camas de abajo, Shibaura seguía hablando y gesticulando. El tartamudo, moviendo todo el cuerpo, le iba dando la razón.

—¿... de acuerdo? Por ejemplo, vale que el barco existe porque un rico ha soltado el dinero para construirlo. Pero ¿se movería sin marineros y fogoneros? Allá, en el mar, hay millones de cangrejos. Por ejemplo, se han hecho muchos preparativos y para ello algún rico ha soltado la pasta, de acuerdo. Pero, si nosotros no trabajamos, ¿va a ir un solo cangrejo al bolsillo del rico? ¿Entendéis? ¿Cuánto dinero habremos ganado nosotros trabajando este verano? Los ricos, con este barco, se sacan entre cuatrocientos mil y quinientos mil yenes limpios por barba. ¿Y de dónde sale ese dinero? De cero no se saca nada. ¿No lo comprendéis? Todo se debe a nuestra fuerza. O sea que ahora no pongáis esa cara sombría de moribundos. Tenemos que ser muy orgullosos. En el fondo, son ellos los que nos tienen miedo a nosotros. No os acojonéis.

»Si no hubiera marineros y fogoneros, el barco no se movería. Si los obreros no trabajan, no entra ni un céntimo en el bolsillo de los ricos. El barco del que hablaba antes se ha comprado y preparado con el dinero obtenido exprimiendo la sangre a otros trabajadores. Es el dinero que nos han robado a nosotros. Los ricos y nosotros somos como padres e hijos.

Entró el patrón. Todos se callaron y se dispersaron precipitadamente y en desorden.

X

El aire era frío como un cristal y puro, sin una mota de polvo. A las dos ya empezó a amanecer. La cordillera de Kamchatka brillaba con destellos violeta y dorados. Desde el mar, se levantaba unos centímetros y se extendía a lo largo del horizonte hacia el sur. Pequeñas olas se alzaban reflejando, cada una, el frío sol del amanecer. Se confundían unas con otras, rompían, se mezclaban y volvían a romper de nuevo, sin dejar de brillar. Se oía el graznar de las gaviotas, aunque no aparecían. Hacía un frío refrescante. De vez en cuando, el viento agitaba y golpeaba las lonas grasientas que tapaban las mercancías. El viento se había levantado sin que se dieran cuenta.

Sacando las manos por las mangas de la chaqueta de algodón como si fuera un espantapájaros, un pescador subió, asomó la cabeza por la escotilla y gritó sobresaltado:

—¡Ah, los conejos están saltando! ¡Habrá una gran tempestad!

Se levantaban olas en forma triangular. Los pescadores, acostumbrados al mar de Kamchatka, enseguida se dieron cuenta de lo que sucedía.

—Peligro. No se puede pescar. Hoy descansamos.

Pasó una hora y bajo los tornos de los botes, aquí y allá, había grupos de siete u ocho hombres. Todos los botes se balanceaban a medio bajar. Los hombres miraban al mar y discutían entre ellos encogiéndose de hombros.

Sucedió de pronto.

—¡Paramos, paramos!

—¡Que se vayan a la mierda!

Todos parecían haber estado esperando que algún otro lo dijera primero.

—Eh, nos volvemos —dijeron, avisándose los unos a los otros mediante golpecitos en la espalda.

—Sí.

—¡Sí, sí!

—Pero… —dijo uno vacilando, mientras miraba arriba, hacia el torno, entrecerrando los ojos.

—¡Si quieres morir, ve tú! —soltó de pronto girando un hombro hacia atrás uno que ya estaba marchándose.

Todos se pusieron a caminar juntos. Pero uno dijo: «¿De verdad está bien?». Un par de hombres se quedaron rezagados.

En el siguiente torno también había unos pescadores parados.

Cuando vieron que los del bote número dos caminaban hacia ellos, entendieron lo que pasaba. Cuatro o cinco gritaron agitando las manos.

—¡Venga, parad!

—¡Sí, paremos!

Los dos grupos se unieron y se animaron. Dos o tres, que todavía dudaban, miraron hacia allá sin moverse, como paralizados. Se les unieron también los del bote número cinco. Cuando lo vieron, los rezagados se pusieron a andar quejándose desde atrás.

El pescador tartamudo se giró y gritó:

—¡Vamos, echadle ganas!

Los pescadores se fueron sumando como si fueran bolas de nieve que se unen formando un gran muñeco. El estudiante y el tartamudo corrían sin parar junto a los pescadores.

—¿De acuerdo? ¡Que estemos todos! ¡Es lo más importante! ¡Así ya está bien! ¡Ya!

Junto a la chimenea, unos marineros que estaban sentados arreglando cuerdas, levantaron la cabeza.

—¿Qué pasa? —gritó uno.

Los otros movían las manos y gritaban para que se acercaran más. Para los marineros que lo veían desde arriba, aquello parecía un bosque agitándose.

—Vale, pues ¡a dejar el trabajo!

Se pusieron a guardar las cuerdas y uno dijo: «¡Era lo que estábamos esperando!».

Los pescadores lo entendieron y dieron dos vítores al unísono.

—Primero vamos a sacar a todos de la letrina.

—Sí, eso es. Es un verdadero cabrón, porque, aunque sabe que hay tormenta, manda que salgan los botes. ¡Es un asesino!

—¿Vamos a dejar que ese nos mate?

—¡Se va a enterar! ¡Esta vez va en serio!

Prácticamente todos volvieron a la letrina. Entre ellos, había alguno que los había seguido «porque no le quedaba más remedio».

Un enfermo que dormía a oscuras, al ver que todos entraban de golpe, intentó erguir el torso que estaba rígido como una tabla.

Cuando le contaron por qué volvían, las lágrimas comenzaron a brotar de sus ojos mientras asentía una y otra vez con la cabeza.

El pescador tartamudo y el estudiante bajaron por la escalerilla de cuerda que iba a la sala de máquinas. Como no estaban acostumbrados y tenían prisa, estuvieron a punto de caerse varias veces mientras bajaban a trompicones. En el oscuro interior de la sala, el ambiente estaba muy cargado por el calor de la caldera. Enseguida, el cuerpo se les quedó empapado en sudor.

Pasaron por encima de la caldera por unas pasarelas de metal y bajaron por una rampa. Una voz potente, que parecía llegar de abajo, resonaba con fuerza diciendo algo. Sintieron por primera vez un horror como si hubieran bajado cientos de metros por un pozo de mina que llevara al infierno.

—Este trabajo también es muy duro.

—Sí, y si a-de-además, a-a veces, los-los su-suben a cu-cubierta para pe-pelearse con los can-cangrejos, pu-pues ya no te digo.

—¡No te preocupes! ¡Los fogoneros también son de los nuestros!

—¡Vale, está bien!

Ahora bajaban por una escalerilla junto a la caldera.

—¡Qué calor, qué calor, es insoportable! Nos vamos a convertir en hombres ahumados.

—No es para hacer broma. Ahora el fuego está apagado y mira cómo estamos. ¡Imagina cómo será cuando está encendido!

—Sí, es verdad.

—Cuando atraviesan el Índico, aunque hagan turnos de treinta minutos, se quedan hechos polvo. Se indignan tanto que a veces protestan con vehemencia y sin pensarlo, y por eso los golpean con una pala y a alguno hasta lo han llegado a echar a la caldera. ¡Así viven!

—¿Ah, sí?

Delante de la caldera, el humo se levantaba como si hubieran echado agua sobre el carbón. Al lado había unos fogoneros medio desnudos fumando y hablando en cuclillas. En la oscuridad, parecían gorilas agachados. Por la portezuela del depósito de carbón, se veía el terrorífico interior.

—¡Eh! —dijo el tartamudo.

—¿Quién va? —respondió uno mirando hacia arriba. Lo dijo una vez, pero el eco hizo que se oyera tres veces: «¿Quién va? ¿Quién va? ¿Quién va?».

Cuando los fogoneros vieron quién los visitaba, uno de ellos preguntó a gritos:

—¿No os habéis equivocado de camino?

—¡Estamos en huelga!

—¿Qué dices que cuelga?

—No cuelga nada, ¡huelga, huelga!

—¡Hombre, por fin!

—¿Ah, sí? Pues entonces vamos a ir echando fuego a la caldera y regresaremos a Hakodate. ¡Qué bien!, ¿no?

«¡Están con nosotros!», pensó el tartamudo.

—Sí, cuando estemos todos juntos, les apretaremos las tuercas a esos cabrones.

—¡Eso, venga, hacedlo!

—¡«Venga, hacedlo», no! ¡Venga, hagámoslo! Vosotros también —interrumpió el estudiante.

—Perdón. ¡Hagámoslo, hagámoslo! —dijo un fogonero que tenía la cara blanca por las cenizas del carbón.

Todos se rieron.

—Vuestra parte tenéis que hacerla vosotros.

—Vale. Está bien. Nosotros también pensamos siempre en darle una paliza al patrón.

La parte de los fogoneros estaba resuelta.

Los obreros se acercaron hasta los pescadores. En más o menos una hora, los fogoneros y los marineros se les unieron. Se juntaron en la cubierta. La «acción reivindicativa» la decidieron el estudiante, el tartamudo, Shibaura y *Nomeseaschulo*. Y se dispusieron a presentarla al resto de los trabajadores.

El patrón y los otros, al darse cuenta de que los pescadores gritaban, se esfumaron.

—¡Qué raro!

—¡Es muy raro!

—Aunque lleve pistola, en esta situación, no puede hacer nada.

El tartamudo se encaramó sobre un sitio visible. Todos aplaudieron.

—Camaradas, ¡ha llegado el momento tan esperado! Aquello que, mientras nos medio mataban, anhelábamos pensando: «Ya verán». ¡Pues ya ha llegado! Camaradas, lo primero es unir nuestras fuerzas. Pase lo que pase, no debemos traicionar a nuestros compañeros. Solo con hacer eso bien, los aplastaremos fácilmente, como si fueran cucarachas. Y ahora, lo segundo. Camaradas, lo segundo también es unir nuestras fuerzas. No dejemos a nadie atrás. No traicionemos a nadie, no dejemos que nadie nos traicione. Tenéis que saber que un solo traidor equivale a que mueran trescientos de los nuestros. Un solo traidor... («Sí, está claro»; «No te preocupes, sigue adelante»). Que nuestras reclamaciones puedan vencerlos, que logremos nuestro objetivo. Todo depende de la fuerza de nuestra unión, camaradas.

A continuación, se levantó el representante de los fogoneros y luego el de los marineros. El representante de los fogoneros, que no solía hablar mucho de estos asuntos, se puso a tartamudear. A medida que se encallaba, se iba poniendo colorado, tiraba del dobladillo de su ropa de trabajo, cada vez más nervioso, hasta que los dedos le asomaron por un agujero de la tela, fruto del desgaste. Cuando se dieron cuenta, todos patearon el suelo de la cubierta y se rieron.

—… lo dejo. Pero, camaradas, ¡tenemos que darles una paliza a esos miserables! —dijo, y bajó.

Todos se pusieron a aplaudir enérgicamente.

—Con eso último bastaba —dijo alguien, burlándose desde atrás. Y, de nuevo, todos rieron a la vez.

El fogonero estaba sudando más que cuando trabajaba con la pala larga en pleno verano, y además le temblaban las piernas. Cuando bajó, le preguntó a su compañero: «¿Qué he dicho?».

—Has estado muy bien, muy bien —dijo el estudiante sonriendo y dándole unas palmadas en la espalda.

—La culpa es tuya. Seguro que los había mejores que yo para hablar.

—Todos nosotros estábamos esperando este día. —Un obrero de quince o dieciséis años tomó la palabra—. Todos sabéis cuánto han sufrido nuestros compañeros en este barco factoría. ¡Por poco nos matan a todos! Por la noche, envueltos en una delgada manta, hemos llorado a menudo pensando en nuestras familias. Preguntádselo a los obreros aquí reunidos. No hay nadie que pase una noche sin lágrimas. Y no hay nadie que no tenga heridas frescas en el cuerpo. Si seguimos así, en tres días habrá más muertos. Nosotros, que estamos en una edad en la que si tuviéramos dinero estaríamos estudiando y disfrutando despreocupadamente de la vida, en vez de en este lejano lugar… —se le quebró la voz; tartamudeó; y luego se calló como si le hubieran cortado—, pero, ahora, ya basta. Ya está bien. Con la ayuda de los mayores podemos vengarnos de esos tipos odiosos…

Sobrevino un aplauso semejante a una tormenta. Un pescador de mediana edad se secaba las lágrimas de la comisura de los párpados con sus gruesos dedos y aplaudía con todas sus fuerzas.

El estudiante y el tartamudo pedían firmas para el papel en el que habían inscrito los nombres de todos. Decidieron que dos estudiantes, el tartamudo, *Nomeseaschulo*, Shibaura, tres fogoneros y tres marineros cogerían el «manifiesto de reclamaciones» y el «papel con firmas» y lo llevarían a la sala del capitán y que, al mismo tiempo, fuera, harían una manifestación. A diferencia de tierra firme, todos estaban en el mismo lugar y la base era la misma. Increíblemente, todo salió rodado.

—¡Qué raro! ¿Por qué el demonio ese no saca la cabeza?

—Creía que se iba a poner hecho una fiera y a disparar a esa pistola. ¡Con la afición que tiene!

Trescientos hombres gritaron al unísono tres veces: «¡Viva la huelga!».

—El mierda del patrón va a temblar al oír nuestra voz —dijo el estudiante, riéndose.

Se presentaron en la habitación del capitán.

El patrón, pistola en mano, se enfrentó a los representantes. El capitán, el capataz de los obreros, el representante de la factoría y varios más los encararon con actitud tranquila, como si llevaran largo rato conversando sobre el tema. El patrón también estaba tranquilo.

Cuando entraron, dijo: «Muy bien, hombre, muy bien», y sonrió con desdén.

Fuera, se agolpaban trescientos hombres que se pusieron a gritar y a patear.

«¡Qué ruidosos!», murmuró el patrón en voz baja. Pero no parecía prestarles mucha atención. Escuchó sin interés las declaraciones de los exaltados representantes. Hizo como que revisaba el «escrito de reclamaciones» y el «papel con las firmas» de los trescientos hombres y dijo: «¿No os arrepentís?» con una parsimonia que los decepcionó.

—¡Serás imbécil! —gritó el tartamudo como si golpeara la nariz del patrón.

—¿Ah, sí? Así que no os arrepentís —dijo, y cambió algo su humor—. Pues escuchad, ¿vale? Mañana por la mañana os daré una buena respuesta.

Todo sucedió en un abrir y cerrar de ojos: Shibaura apartó de un manotazo la pistola del patrón y le dio un puñetazo en la mejilla. El patrón, sorprendido, se llevó las manos a la cara. En ese momento, el tartamudo, con un taburete, le golpeó en las piernas, el patrón tropezó con la mesa y se cayó. La mesa quedó patas arriba.

—¿Una buena respuesta? ¡Imbécil! ¡No nos tomes el pelo! ¡Es un problema de vida o muerte!

Shibaura avanzó hacia el patrón y sus anchas espaldas amenazaban con más violencia. Los marineros, los fogoneros y los estudiantes los separaron. Durante la pelea se hizo añicos una ventana de la habitación del capitán. En ese momento, se oyeron claramente las voces que venían de fuera: «¡Matadlo!», «¡Dadle una paliza de muerte!», «¡Dadle, dadle fuerte!».

Cuando se dieron cuenta de lo apurado de su situación, el capitán, el patrón de los obreros y el representante de la factoría se agruparon en un rincón, rígidos como palos. Estaban muy pálidos.

Los pescadores, marineros y fogoneros rompieron la puerta y entraron como una avalancha.

Después del mediodía, el mar estaba muy agitado. Al acercarse la noche, comenzó a calmarse.

«¡Dejad fuera de combate al patrón!», pensaba. ¡Les había parecido algo imposible y, sin embargo, lo habían logrado con sus propias manos! Ni siquiera habían podido usar aquella pistola con la que los atemorizaba. Todos estaban alborozados. Los representantes se reunieron y discutieron las medidas que tomar a partir de entonces. Si no recibían «una buena respuesta», se «lo harían pagar», pensaron.

Sucedió cuando empezaba a oscurecer. El pescador que estaba vigilando en la entrada de la escotilla vio que se acercaba el destructor. Inmediatamente, entró corriendo en la letrina a contárselo a los demás.

—¡La hemos cagado! —Uno de los estudiantes saltó como si fuera un muelle. El color de su cara mudó de golpe.

—No te confundas —dijo el tartamudo, riéndose—. Si les explicamos con detalle a los oficiales nuestra situación, nuestra postura, nuestras reivindicaciones, nos apoyarán y, al contrario, estaremos todavía en mejor posición para llegar a un buen acuerdo. Es de sentido común.

—Sí, claro —dijeron otros.

—Es un barco de nuestro país. Está con nosotros, que somos el pueblo.

—No, no... —dijo el estudiante, negando con la mano. Estaba tan afectado que le temblaban los labios. Y se puso a tartamudear—. ¿Qué estáis diciendo? ¿El ejército va a estar con nosotros, los ciudadanos? Qué va, qué va...

—¡Qué tontería! ¿Cómo no va a estar un barco de guerra del Imperio de parte del pueblo de ese mismo imperio? ¿Te crees que eso tiene lógica?

—¡Viene el destructor! ¡Viene el destructor! —La excitación de los demás enterró en el alboroto general las dudas del estudiante.

Todos, nerviosos, salieron de la letrina a cubierta. Y unieron sus voces para gritar: ¡Viva el barco de la Marina Imperial! En la escotilla de la escalerilla, estaban el patrón, con la mano y la cabeza vendadas, el capitán y, frente a ellos, el tartamudo, Shibaura, *Nomeseaschulo*, el estudiante, los representantes de los marineros y los fogoneros. Como estaba oscuro, no se veía muy bien. Desde el destructor salieron tres lanchas que se abarloaron al pesquero. En cada una iban quince o dieciséis marineros. Rápidamente, los de la primera lancha subieron a la escalerilla.

¡Llevaban la bayoneta calada y el barboquejo del casco puesto!

«¡La hemos cagado!», gritó en su corazón el tartamudo.

De la siguiente lancha bajaron otros quince o dieciséis marineros. Y de la siguiente, como era de esperar, también bajaron con la bayoneta calada y el barboquejo puesto. Como en el abordaje de un barco pirata, subieron y rodearon a los pescadores, los marineros y los fogoneros.

—¡La hemos cagado! ¡Qué mierda! ¡Nos la han jugado! —gritaron Shibaura y los representantes de los marineros y los fogoneros.

—¡Ahora os vais a enterar! —dijo el patrón.

Comprendían ahora su extraña actitud desde el comienzo de la huelga. Pero ya era tarde. No les dejaron decir ni mu. «Matones», «desleales», «imitadores de los *ruskis,* vendepatrias», los insultaron, y a los nueve representantes se los llevaron escoltados, a punta de bayoneta, al destructor. Se quedaron anonadados sin reaccionar. No pudieron mediar palabra. Fue tan fácil como ver quemarse una hoja de periódico.

Su revuelta había sido «resuelta» fácilmente.

—Nuestros únicos aliados somos nosotros mismos. Ahora lo he entendido —dijo uno de los obreros.

—Los barcos de la Marina Imperial parecen algo grande, pero no son más que lacayos de los más ricos.

¿Aliados de los ciudadanos? ¡Qué tontería! ¡Y una mierda! —dijo otro.

Por si acaso, los infantes de marina se quedaron destacados durante tres días en el barco. Todo ese tiempo, los oficiales se emborrachaban cada noche con el patrón en el salón. «Así son ellos, así son».

Hasta los pescadores —por fin— habían entendido, al sufrirlo en carne propia, quiénes eran los enemigos y cómo estaban relacionados entre ellos.

Como cada año, al acercarse el fin de la temporada de pesca, prepararon las latas especiales de obsequio para personas importantes. Pero, imperdonablemente, no les dejaron hacerlo con los rituales de purificación necesarios. Después de lo sucedido, los pescadores se indignaron con el patrón por aquella desfachatez. Además, esta vez era distinto.

—Seguro que estas latas estarán deliciosas. Se hacen exprimiendo nuestra carne y nuestra sangre. Tendrán suerte si no les da un dolor de vientre después de comérselo.

Todos las prepararon con ese ánimo.

—¡Ponles algunas piedras dentro! ¡Qué más da!

—Nuestros únicos aliados somos nosotros mismos.

Ahora, ese sentimiento había calado profundamente en todos sus corazones.

—¡Vais a ver ahora!

Pero con ese «vais a ver ahora», aunque lo repitieran cien veces, ¿qué iban a lograr? Desde que la huelga había fracasado, el trabajo, «¿Habéis aprendido la lección, escoria?», se había vuelto más duro. A la dureza que habían sufrido antes, se habían sumado el rencor y las ansias de venganza del patrón. La crueldad del día a día había superado cualquier límite. El trabajo había llegado a un punto insoportable.

—Estábamos equivocados. No teníamos que haber dejado que nueve hombres se pusieran al frente. Estábamos anunciando claramente que ese era nuestro punto débil. Tendríamos que haber actuado de forma que se viera que lo hacíamos todos juntos. En ese caso, el patrón no habría podido mandar el mensaje al destructor. Porque no habría podido entregarnos a todos. Porque si lo hiciera, no se podría trabajar.

—Sí, tienes razón.

—Sí, eso es. Esta vez, si seguimos trabajando así, nos matarán de verdad. Hay que hacer la huelga entre todos, sin que nadie tenga que sacrificarse por los demás. Como la otra vez. ¿No lo dijo el tartamudo? Lo más importante es unir nuestras fuerzas. Ya tendríamos que saber lo que podríamos haber conseguido uniendo nuestras fuerzas. Incluso aunque llamen al destructor, si vamos todos a una sin excepción, nos salvaremos.

—Sí, quizá tengas razón. Bien pensado, entonces sería el patrón el que tendría más que perder y el que más razones tendría para temer a la empresa. Porque no tendrían tiempo de mandar reemplazos desde Hakodate, y la producción sería increíblemente baja.

Si esta vez lo hacemos como es debido, nos puede salir bien.

—Nos saldrá bien. Curiosamente, nadie tiene miedo. Todos piensan: «¡A la mierda!».

—A decir verdad, aquí nadie tiene planes para el futuro. Se trata de morir o vivir. ¡Vamos todos, otra vez!

—¡Sí, otra vez!

Y volvieron a alzarse. ¡Otra vez!

APÉNDICE

Estos son algunos puntos sobre lo que pasó a continuación:

a) La segunda huelga fue un éxito total. El patrón, sorprendido y fuera de sí, se fue a la sala del radiotelégrafo. Se quedó plantado ante la puerta, sin saber qué hacer.

b) Terminada la temporada de pesca, cuando regresaron a Hakodate, el *Hakko Maru* no era el único barco en el que hubo absentismo o huelgas. Se encontró propaganda roja en dos o tres más.

c) Por haber provocado las huelgas y haber causado un grave perjuicio a la producción, la empresa despidió al patrón, al capataz de los obreros y a los demás jefes de forma humillante y sin indemnizarlos con un solo céntimo. Lo más curioso fue que, al ser despedido, aquel patrón dijo: «¡Ah, qué dolor! ¡Hasta ahora me han estado engañando esos hijos de perra! ¡A la mierda!».

d) A partir de entonces, los pescadores y los jóvenes obreros llevaron la organización, la lucha y esa gran experiencia que habían tenido por primera vez a todos los lugares en los que trabajaron.

Esta obra es una página de la historia de la penetración del capitalismo en las colonias.

30 de marzo de 1929

*Nota incluida por el editor estadounidense
en la primera edición en lengua inglesa
de la obra en 1933, apenas meses después
del asesinato del autor.*

TAKIJI KOBAYASHI
ASESINADO POR LA POLICÍA

La última víctima del terror policial contra los comunistas en Japón ha sido el destacado escritor proletario Takiji Kobayashi. Tenía solamente treinta años en el momento de su muerte, aunque su reputación ya era ampliamente conocida, debido a la sensación que causó su relato *Kanikosen* (que es similar a *La jungla),** así como sus otras narraciones de carácter militante.

* Novela escrita por Upton Sinclair en 1906, donde se describen las duras condiciones de vida de los trabajadores del sector cárnico en Estados Unidos a principios del siglo XX.

Takiji Kobayashi ya había sido encarcelado varias veces, aunque hace un año logró escapar de una redada policial en su casa. Colaboraba clandestinamente con el Partido Comunista cuando, hacia la una del mediodía del 21 de febrero de 1933, fue arrestado mientras caminaba por la calle. Cinco horas después, había muerto a causa de las torturas que se le habían infligido. En el momento de su arresto forcejeó con la policía durante media hora y casi logró escapar. Finalmente, fue arrastrado a la comisaría y se le aplicó el tercer grado,* a pesar de lo cual no confesó nada ni divulgó ningún nombre. Su voluntad de acero le permitió resistir la tortura hasta que cayó inconsciente y la muerte lo rescató de aquel infierno. La policía llevó el cadáver a un hospital, donde consiguió un certificado de defunción falso en el que el médico declaró que era un paciente habitual y que padecía una enfermedad cardíaca que le había provocado la muerte.

Llamaron a sus parientes para que se llevaran el cuerpo. Su madre, Oseisan, una buena mujer de sesenta años, siempre simpatizó con la ideología de su hijo y solicitó que no se le diera un entierro religioso, sino el que correspondiera a un trabajador. Cuando vio el cadáver, se volvió hacia los policías presentes y les dijo, mirándoles a los ojos, que jamás creería la historia de la muerte por causas naturales.

* El tercer grado consiste en el uso de coacción, amenazas y tortura física y mental con objeto de extraer una confesión de un acusado o prisionero.

Sus amigos trataron de obtener una autopsia de otros centros hospitalarios, pero ninguno accedió. Un hospital se avino inicialmente a ello, pero cuando trajeron el cuerpo y se dieron cuenta de quién era el muerto, se negaron a llevarla a cabo; era obvio que seguían órdenes, o que tenían miedo de las represalias. El departamento de policía no estaba dispuesto a repetir el error del anterior mes de noviembre, cuando permitió que los médicos de la Universidad Imperial demostraran que la muerte del camarada Iwata había sido un asesinato.

Sin embargo, se llegaron a tomar fotografías del cadáver, donde se distinguían claramente las terribles heridas. En la frente, se detectaba la marca de un hierro candente. Alrededor del cuello había morados, causados por una fina y afilada cuerda. En las muñecas, una de las cuales estaba rota, quedaban las marcas de las esposas. Toda la espalda estaba abrasada y desde las rodillas hasta las ingles, la carne estaba hinchada y púrpura a causa de las hemorragias internas. Aun después de matarlo, la policía no quedó satisfecha: arrestaron a más de trescientas personas que intentaron velar su ataúd y devolvieron todas las coronas fúnebres, hasta la que envió la federación de escritores, una organización burguesa. Inmediatamente, los camaradas organizaron un gran funeral de trabajadores y campesinos para honrarlo. Escogieron la fecha del 15 de marzo, pues era el quinto aniversario del primer gran arresto de camaradas comunistas, una historia que Takiji Kobayashi había glosado en uno de sus relatos.

Ese día la policía prohibió la representación teatral de su cuento *La aldea de Numajiri* y detuvo a todos los actores. A pesar de que toda la policía estaba movilizada para evitar que hubiera protestas y las masas se rebelaran, los trabajadores y los estudiantes de todos los grandes centros urbanos salieron a la calle y se manifestaron, repartiendo folletos denunciando el repugnante crimen.

Para conmemorar la encomiable labor que el camarada Kobayashi llevó a cabo con su imaginación y su vigor proletario, el 15 de marzo será el Día de la Cultura, que se celebrará anualmente para que los obreros puedan honrar su recuerdo y la difusión de la cultura proletaria.

Ático de los Libros le agradece la atención
dedicada a *Kanikosen. El Pesquero*.
Esperamos que haya disfrutado
de la lectura y le invitamos a visitarnos
en www.aticodeloslibros.com
donde encontrará más información
sobre nuestras publicaciones.

Si lo desea, puede también seguirnos
a través de Facebook, Twitter o Instagram y suscribirse a
nuestro boletín utilizando su teléfono móvil
para leer los siguientes códigos QR: